Flussopfer. Geschichten zwischen Lippe und Ruhr

Klaus Goehrke

Flussopfer

Geschichten zwischen Lippe und Ruhr

Ventura Verlag
Werne
2015

Bibliographische Information der Deutschen Nationalbibliothek
Die Deutsche Nationalbibliothek verzeichnet diese Publikation in der Deutschen Nationalbibliographie; detaillierte bibliographische Daten sind im Internet über http://dnb.ddb.de abrufbar.

1. Auflage 2015

Ventura Verlag Magnus See
Carl-von-Ossietzky-Str. 1 | 59368 Werne
Tel.: +49–(0)2389–6896
www.ventura-verlag.de | mail@venturaverlag.de

Herstellungsleitung und Lektorat: Magnus See, M.A.
Umschlagmotive: (1) Lippe in Werne © Magnus See, M.A.
(2) Haus Heeren um 1860, Sammlung Alexander Duncker, erstellt zwischen 1857 und 1883, Heinrich Deiters (1840-1916), Friedrich Wilhelm Ferdinand Theodor Albert (Magdeburg 1822-1867, Berlin), Alexander Duncker (1813-1897), Wikipedia Commons, gemeinfreie fotografische Reproduktion eines zweidimensionalen Kunstwerks
Druck: PRESSEL Digitaler Produktionsdruck
Olgastraße 14-16 | 73630 Remshalden-Grunbach
ISBN: 978-3-940853-37-0
Printed in Germany

Inhaltsverzeichnis

1 Bei uns zu Lande

Ruhrlicht

An Bremslichtern klebend hebt dein Blick
ab zur Wolkenkruste im Morgenrotmagma

Rollt dir in der Kurve der Sonnenball in den Spiegel
färbt sich die Watte über den Schloten purpurn

Werfen sich eh du die Augen zukneifst
dem Feuer weißgefiederte Fahnen entgegen

November

Wenn im November die Pappelkronen
reifversilbert erstarren
über den Schloten Schwefelwolken
schwarzgerändert verharren

der Kühlturmriese hinter der Halde
hoch bauscht Nebelschwaden
über die Lippe in spitzen Keilen
Kraniche ruhrwärts rudern –

werfe ich sehnsuchtsvoll die Arme
hoch und wende mich heim.

Flussopfer

Wieder klingelte das Telefon. Kilian, der es sich nach einem aufreibenden Sondereinsatz mit einer Flasche Bier vor dem Fernseher gemütlich gemacht hatte, schnellte erregt aus dem Sessel hoch.

»Es reicht!« Er griff zum Telefonhörer und blaffte los, ohne eine Meldung abzuwarten: »Verdammt noch mal, so glaub mir endlich, niemand will dich umbringen!« Wütend drückte er die *Aus*-Taste und schleuderte das Mobilteil auf das Sofa.

Malu sah ihn ungnädig an. »Horst! Musst du es so grob sagen? Melanie kann doch nichts dafür.«

»Das war jetzt das sechste Mal an diesem Abend. So kann es nicht weitergehen.«

»Und was schlägst du vor?«

»Wie kommt sie denn an ein Telefon im Heim?«

»Willst du ihr, nur weil sie etwas durch den Wind ist, das Handy vorenthalten?«

Ehe er antworten konnte, ertönte erneut das Klingelzeichen. Diesmal griff Malu zum Hörer und fing nach einigen Sekunden unbändig an zu lachen.

»Es ist Lena. Sie hat sich mächtig erschrocken, als du sie angedonnert hast.«

Kilian verzog sein Gesicht. »Ich konnte ja nicht wissen …«

»Dann entschuldige dich wenigstens bei ihr.«

Unwirsch ließ er sich das Telefon reichen.

»Hallo, Lena, ich hoffe, du hältst mich jetzt nicht für durchgeknallt. Ich dachte, es wäre Melanie, Malus alte Tante, die glaubt nämlich in ihrem wirren Kopf, ich trachte ihr nach dem Leben. Wie bitte? Ach was, in ihrem Beisein sprechen wir nie über meinen Beruf. Wann habe ich denn mit Mordsachen zu tun in unserer braven Provinzstadt?«

Am nächsten Tag hatte Kilian Spätschicht. Als er vor der Polizeihauptwache am Kamener Bahnhof einparkte, verdunkelte sich seine Miene.

»Die schon wieder!« Seinen Ärger erregte eine direkt neben der Eingangstür hingekauerte Gestalt, eine dunkelhäutige Frau, fest in ein buntes Schaltuch gehüllt, aus dem nur das Gesicht, das Weiß ihrer Augäpfel hervorleuchtete.

Als Kilian an ihr vorbeikam, zuckte sie hoch. »Monsieur, s'il vous plaît, je vous demande ...«

»Morgen«, knurrte er und zog eilig die Tür hinter sich zu. Mit grimmigem Gesicht warf er Winkler, der als Diensthabender vorn saß, ein knappes »Hallo« zu.

»Na, Horst«, lachte der, »hat dir die Schwatte wieder die Laune verdorben?«

»Könnt ihr die nicht endlich zur Vernunft bringen?«

»Warum wir? Du! Versprich ihr, ihren Fall noch einmal aufzunehmen. Das ist schließlich der einzige Grund, warum sie hier tagein tagaus vor dem Eingang hockt.«

»Hast du vielleicht eine Idee, was ich tun könnte?«, grummelte Kilian. »Jedem noch so vagen Hinweis bin ich nachgegangen, es gibt einfach kein Packende. Ihr Kind ist aus dem abgestellten Kinderwagen verschwunden, es gibt keinerlei Augenzeugen. So leid es mir tut, es bleibt nur die Hoffnung auf Kommissar Zufall.«

Winkler zuckte die Achseln. »Wegjagen können wir sie nicht. Sie belästigt ja niemanden.«

»Vielleicht kann die Ausländerbehörde etwas für uns tun.«

»Du meinst, sie abschieben?«

»Das habe ich nicht gesagt. Welchen Status hat sie eigentlich?«

»Duldung. Abschiebungsaussetzung wegen Mutterschaft.«

»Aber nun ist das Kind weg.«

»Horst!«

Winklers spöttisch-tadelnder Ton trug nicht dazu bei, Kilians Laune zu verbessern. Er zog seine Bürotür zu, warf die Dienstmütze auf den Schreibtisch und seine Uniformjacke über die Stuhllehne. Kurz strich er über die Schulterklappen mit den zwei Sternen. Könnte endlich der dritte hinzukommen, dachte er, du tust bereits Jahre als Oberkommissar Dienst, und wer dankt es dir?

Seufzend zog er die Schublade mit dem Hängeregister auf, entnahm eine Mappe mit der Aufschrift *Amadou* und begann, lustlos darin zu blättern. Afiwa, so hieß die Mutter, aha, und Adjoa die kleine Tochter. Er wiederholte die Namen, sie klangen gut. Betrachtete das Foto des dreijährigen Mädchens, unbestreitbar ein süßer Fratz, überflog das Vernehmungsprotokoll der Mutter, eine Übersetzung aus dem Französischen. Reichte ihr Französisch für eine detaillierte Aussage? Müsste man sie nicht in ihrer Muttersprache befragen? Ob man da neu ansetzen sollte?

Er stand auf und legte sich die Jacke über die Schulter, um zum Eingang zurückzugehen. Winkler folgte ihm erstaunt mit den Augen. Kilian riss die Glastür auf. Da saß sie noch immer. »Madame, please!«

Sie ließ ihr Tuch fallen und richtete sich erwartungsvoll auf. »Monsieur?«

»What is your first language?«

Sie schüttelte den Kopf. »Je ne comprends pas.«

»Your mother language! Muttersprache!«

Sie sah ihn mit aufgerissenen Augen an. »Langue maternelle?« Er nickte. »Ewe!«

»Ewe?«, wiederholte er ratlos. Sie stand auf, offensichtlich freudig erregt. »Nie gehört.« Damit drehte er sich um und zog die Tür wieder zu.

Im Büro gab er das Wort im Internet ein und erfuhr, Ewe werde in Togo gesprochen.

»Ewe«, brummte er vor sich hin, »wer zum Teufel kann da dolmetschen?«

Als er spät abends nach Hause kam, trat ihm Malu an der Haustür entgegen. »Da bist du endlich!«

»Wieso endlich, ich hatte Spätschicht, da komme ich nie vor acht. Hast du so große Sehnsucht nach mir gehabt?« Er drückte ihr einen Kuss auf den Mund. Dass sie noch immer, selbst als Mutter zweier erwachsener Söhne, gut aussah, konnte niemand bestreiten. »Alles im Lack?«

Malu schüttelte zu seiner Überraschung den Kopf. »Ich muss dir unbedingt was erzählen.« Sie folgte ihm hastig, als er wie immer in die Küche ging, um sich eine Flasche Bier aus dem Kühlschrank zu nehmen.

»Dann schieß mal los.«

Wortlos zeigte sie auf den Tisch, auf dem etwas lag, in Zeitungspapier eingewickelt.

»Was ist das?«

»Guck selber.«

Stirnrunzelnd wickelte er das Papier auseinander. Was zum Vorschein kam, verschlug ihm den Atem. »Ich glaub es nicht! Ein Totenschädel! Woher hast du den?«

Malu ließ sich auf einen Stuhl sinken. »Ich war mit Melanie spazieren, du weißt, sie braucht dringend Ablenkung.«

»Klar, und wo?«

»Lass mich ausreden. Bei Langern, da, wo wir letzten Sonntag unterwegs waren.«

»An der Lippe? Ist der Wiesenweg für Melanie nicht zu beschwerlich?«

»Es war ja trocken. Sie war hellauf begeistert von all dem Grün. Um die Hochlandrinder haben wir natürlich einen gehörigen Bogen gemacht. Wir sind bis zum toten Arm vorgelaufen, Melanie wollte unbedingt bis ans Wasser.«

»Komm endlich zur Sache! An welcher Stelle wart ihr?«

»An der umgestürzten Weide. Sie hat sich darauf gesetzt und da hat sie etwas gesehen.«

»Dieses Etwas.« Kilian zeigte auf den Schädel.

»Ja, ich habe einen Stock genommen und daran gekratzt; da erkannte ich, was es war, und habe natürlich einen Mordsschreck bekommen.«

»Und Melanie?«

»Merkwürdigerweise blieb sie ganz ruhig. Da habe ich den Schädel aus dem Schlamm herausgezogen.« Malu machte ein Gesicht, als ob sie in eine Kloake fassen müsste. »Melanie hat nicht mit der Wimper gezuckt. Im Krieg hätte sie als Kind genügend Leichen gesehen. Nimm das Ding mit, hat sie gemeint, es würde dich bestimmt interessieren.

»Da hat sie recht. Hauptsache, sie denkt jetzt nicht schon wieder ...«

»Horst!«, unterbrach ihn Malu vorwurfsvoll. »Der Schädel ist doch sicher alt, oder?«

»Hm, sieht nicht so aus, aber das sollen die Fachleute entscheiden. Am besten, du gibst ihn morgen früh erst mal im Museum ab. Wir wollen nicht gleich die Pferde scheu machen. An der Seseke haben sie kürzlich einen Schädel entdeckt, der stammt aus vorchristlicher Zeit.«

»Wieso immer am Fluss?«

»Keine Ahnung. In der Zeitung stand was von Flussopfer.«

»Flussopfer«, wiederholte sie und krauste angewidert die Nase.

Auch am folgenden Tag saß die Afrikanerin vor dem Eingang der Wache. Diesmal grüßte Kilian freundlich und nahm sie, als sie sich aus ihrem Tuch gewickelt hatte, genauer in Augenschein. Eine ansehnliche junge Frau, musste er sich eingestehen. Wie sie wohl nach Deutschland gekommen war? Die Reise durch die Sahara und über das Mittelmeer galt als äußerst gefährlich und strapaziös.

»Monsieur!«, streckte sie ihm flehend ihre Arme entgegen, sodass die zahlreichen Reifen an den Handgelenken klapperten. »Monsieur, s'il vous plaît, aidez moi trouver Adjoa!«

Der Name sagte ihm, was sie meinte. »Ja, ja, ich tue mein Bestes.«

Ihre Stimme ging ins Weinerliche über. »Adjoa, mon pauvre bébé!«

Kilian war die Szene peinlich und er machte, dass er ins Gebäude kam.

»Mon bébé!«, hallte es noch lange nach.

Als Erstes griff er zum Telefon und wählte die Nummer des städtischen Museums. Der Leiter war selbst am Apparat. »Ah, Kommissar Kilian!« Und er sprudelte los, die Gattin sei bereits da gewesen und er habe das Objekt sogleich unter die Lupe genommen. An sich seien prähistorische Flussopfer gerade im Bereich der Seseke und der Lippe nicht selten. Noch erschließe sich die Vorstellungswelt der Menschen, die sie dargebracht hätten, nicht recht, zumal, wenn es sich um Menschenopfer handele … Kilian hielt den Hörer weiter weg vom Ohr und schloss die Augen. Doch als er den Begriff *Neolithiker* hörte, stoppte er den Fachvortrag brüsk.

»Und was hat es mit diesem Fundstück auf sich?«

Leider, räumte der Experte ein, vermöge er keinen historischen Wert zu entdecken, dazu sei die Knochensubstanz zu frisch. Da sei die Gerichtsmedizin zuständig, er habe seinen Mitarbeiter bereits mit dem Exponat nach Dortmund in Marsch gesetzt. Kilian bedankte sich rasch und legte auf.

Keine erfreuliche Nachricht, es roch nach Arbeit. Aber der Fundort lag auf dem Stadtgebiet von Werne, vielleicht ging der Kelch an ihm vorüber, weil die dortigen Kollegen den Fall übernehmen würden. Jetzt erst mal einen Dolmetscher besorgen! Möglicherweise könnte die Auslandsgesellschaft in Dortmund jemand benennen, der Ewe sprach? Oder sollte er besser selbst im Flüchtlingswohnheim nachfragen? Auf eigene Faust zu handeln, schien ihm Erfolg versprechender.

Ob er seine neue Assistentin mitnehmen sollte? Kommissaranwärterin Silke Thiel, das wusste er aus ihrer Personalakte, war nicht nur sportlich, sondern hatte überdies bemerkenswerte Fremdsprachenkenntnisse. Lieber nicht, sagte er sich, erst müsste er etwas vorzuweisen haben. Im Vorbeigehen meldete er Winkler, er sei im Mausegatt und gleich zurück.

»Wegen dem Klageweib?«, schmunzelte er, zur Außentür deutend. Kilian nickte. Doch als er heraustrat, war sie auf einmal verschwunden.

Er beschloss, mit seinem Privatwagen zu fahren, um nicht unnötiges Aufsehen am Ausländerheim zu erregen. Er fand den Hausmeister draußen beim Aufräumen und trug sein Anliegen vor. Der Mann reagierte ziemlich ungehalten.

»Togo! Fragen Sie mich nicht! Die wohnen alle in Haus zwei, da geht es zu wie im Taubenschlag. Von denen erfahren Sie gar nichts.« Kilian ließ sich nicht aus der Ruhe bringen. Es müsse ja wohl eine Personenkartei mit den Herkunftsländern geben. »Was glauben Sie«, legte der Mann erneut los, »was ich alles zu tun habe?!«

Über siebzig von *da unten* wären hier untergebracht, aus aller Herren Länder, da müsse sich Herr Kommissar schon ins Rathaus bemühen.

Kilian entzog sich seinem Lamento und stapfte an verkeilten Lidl-Einkaufswagen vorbei zu der bezeichneten Haustür. Im Flur eine Armada von Kinderwagen, auf der Treppe eine Traube schwatzender afrikanischer Frauen, manche mit einem Kleinkind im Arm.

»Spricht hier jemand Deutsch?« Er rechnete nicht mit einer Antwort, wollte aber systematisch vorgehen. Allgemeines Achselzucken. »Anybody speak English?« Zaghaft gingen mehrere Arme hoch. »Okay, do you know someone who speaks Ewe?«

»Ewe«, raunten die Frauen einander zu, und eine rief: »People from Togo speak French.«

Sicher, das wusste er. »Nobody here from Togo?«

»Yes, Sir, Miss Afiwa Amadou.«

Auch das war ihm nicht neu. »Please, who is the father of the baby?«

Schweigen. Dann eine Stimme: »Her baby is dead.«

»Maybe«, murmelte er und beschloss, den Rückzug anzutreten. Da stand wie aus dem Nichts Frau Amadou neben ihm und er hatte eine Eingebung. Wenn er sich nicht hinreichend mit ihr verständigen konnte, sollte jedenfalls die Wissenschaft das Ihrige zur Aufklärung beitragen. »Please«, er hielt sie am Arm fest, »show me your room.«

Sie schüttelte seinen Arm ab und ging wortlos die Treppe hoch. Kilian folgte ihr durch das Spalier der Frauen. Oben schloss sie einen Raum auf, in dem sie offensichtlich nicht allein lebte. Doch es gab nur ein Kinderbett. »Your baby's bed?«

Sie nickte. Kilian musterte die Kissen und fand, was er suchte. »Darf ich?« Damit nahm er den Schlafanzug und einen Stoffteddy an sich. Die Frau stieß einen Schrei aus und versuchte ihm die Sachen zu entreißen. »Bitte«, fuhr er sie an, »Sie bekommen die Sachen wieder, ich benötige sie nur, um Ihr Kind zu finden. Your baby, bébé!«

Da ließ sie ab von ihm und er zog rasch eine Plastiktüte hervor, in der er die Beweisstücke verstaute. Dann machte er, dass er aus dem Haus kam, nicht ohne von den Frauen, die das Gerangel mitbekommen hatten, wüst beschimpft zu werden.

Auf der Rückfahrt überlegte er, Silke Thiel als Dolmetscherin hinzuzuziehen, mit Hilfe ihrer Französisch-Kenntnisse käme er vielleicht einen Schritt weiter. Vom Handy aus rief er sie an und bat sie, morgen früh für eine Vernehmung zur Verfügung zu stehen. In der Dienststelle hielt ihn Winkler gleich am Eingang fest. Die Gerichtsmedizin in Dortmund habe ihn sprechen wollen.

»Ah, der Befund. Und wie lautet er?«

Zweifelsfrei gehöre der Schädel einem jüngeren Mann afrikanischer Herkunft. Er habe mehrere Jahre im Wasser gelegen. Ob ein Gewaltdelikt vorliege, sei nicht ersichtlich. Das müsse vor Ort geklärt werden.

»Also von uns«, schloss Winkler seinen Bericht.

Also von mir, dachte Kilian. Sogleich begann sein Gehirn zu arbeiten. Ein Afrikaner, vor mehreren Jahren an der Lippe zu Tode gekommen – demnach war zu ermitteln, wo und seit wann ein afrikanischer Flüchtling abgängig war. In seinem Dienstbereich nicht, damit wäre er befasst gewesen. Also die Kreispolizeibehörde anrufen. Wenige Minuten später hatte er den Bescheid, aktuell werde im Lager Unna-Massen ein Afrikaner vermisst. Aktuell? Dann konnte der Schädel nicht seiner sein. Der Name des Vermissten allerdings machte ihn stutzig.

Zu Hause traf er Malu vor dem Fernsehschirm an. Die Krimiserie hieß *Bones – Die Knochenjägerin.*

»Du bist mir die Richtige«, feixte er, »hast nur noch Knochen im Blick!«

»Ich habe mir nur die Wartezeit vertrieben. Gibt's denn was Neues von dem Schädel?«

»Er gehört einem Afrikaner. Morgen untersuchen wir den Fundort. Da wird vermutlich der Rest des Skeletts zu finden sein.«

»Wie grauslich!« Malu machte den Fernseher aus. »Sicher so ein armer Flüchtling.«

»Da könntest du richtig liegen.«

»Was kann dem wohl passiert sein?«

»Keine Ahnung. Vielleicht ein Streit wegen Drogen? Soll vorkommen in dem Milieu.«

»Dass ihr Kriminalisten immer so schlecht denken müsst.«

»Ich denke sogar noch viel schlechter. Vielleicht war es ein Ehestreit.« Er grinste seine Frau herausfordernd an.

Sie verzog keine Miene. »Wie kommst du darauf?«

»Ein Koffi Amadou wird vermisst. Und Amadou heißt die junge Afrikanerin, die mich seit einiger Zeit nervt.«

Interessiert beugte sie sich vor. »Wieso nervt sie dich?«

»Sie jammert ihrer verschwundenen Tochter nach. Ich soll sie suchen.«

»Das ist doch deine Aufgabe.«

»Ich habe alles Mögliche unternommen, ohne Erfolg.«

»Ist sie hübsch?«

Typisch Frau, schmunzelte Kilian. »Und ob. Aber auch hübsche Frauen können nervig sein.«

»Wen meinst du?«

Zack!, war er in die Falle gestolpert. Sollte er antworten: Dich nicht? Das könnte sie auf hübsch beziehen. »Komm, meine Hübsche!« Er zog sie vom Sessel hoch in seine Arme.

Als Kilian am Freitagmorgen zum Dienst kam, hielt er erneut vergeblich nach der Afrikanerin Ausschau. Zum Teufel, tagelang hatte sie hier gesessen, und jetzt, da er sie befragen wollte, war sie nicht auffindbar. Auf der Stelle veranlasste er, Frau Amadou im Wohnheim abzuholen und festzuhalten, bis er von dem Ausflug – wie er die bevorstehende Suchaktion an der Lippe nannte – zurück sei, um sie zu vernehmen.

In seinem Büro fand er Silke Thiel an seinem Schreibtisch sitzen, als wäre es ihr Arbeitsplatz.

»Aus der Vernehmung wird nichts«, informierte er sie grußlos. »Die Frau ist nicht greifbar.«

»Okay. Es ist ja noch mehr zu tun. Ich habe gehört, es gibt eine Obduktion?«

»Mal langsam, erst mal müssen wir die Leiche finden.«

»Darf ich mit?«

»Machen Sie sich auf einen sehr unerfreulichen Anblick gefasst.«

»Sicher, sonst hätte ich mich nicht bei der Polizei beworben.«

Ganz schön kess mit ihren zwanzig Jahren, dachte Kilian auf dem Weg zum Dienstwagen.

»Soll ich das Blaulicht anstellen?«, fragte sie.

Er guckte sie streng von der Seite an. »Finden Sie das angebracht?«

Sie antwortete mit einer Gegenfrage. »Sagt man unter Kollegen nicht *du*?«

Überrumpelt entschloss er sich, den Kollegen statt den Lehrmeister zu geben.

»Okay, ich heiße Horst.«

»Silke, angenehm.« Sie reichten sich die Hände.

Sie überquerten die Kanalbrücke in Rünthe und bogen am Ortseingang von Werne links ab. Auf dem Parkplatz an der B 54 nach Lünen hielten schon zwei weitere Fahrzeuge. Vier mit Schaufeln und Stangen ausgerüstete Kollegen standen in Gummistiefeln bereit.

»Dann kann es ja losgehen.« Kilian betrachtete sein eigenes und Silkes Schuhwerk. »Pass auf, dass du dich nicht zu weit vorwagst.«

Sie stiefelten los. Den Pfad durch die Wiese hatte die Maisonne getrocknet, doch verlor er sich bald in der feuchten Aue, die sich bis zur Lippe hinunterzog. Sie gelangten an den von Bäumen und Büschen gesäumten Altarm und Kilian lief stracks auf die halb im Wasser liegende Weide zu, die Malu ihm bezeichnet hatte. Auf seinen Wink hin begannen die Kollegen, mit ihren Geräten im Uferschlamm den Grund zu sondieren. Schnell trübte sich das Wasser zu einer undurchsichtigen Brühe, doch es dauerte nicht lange, bis eine Schaufel auf etwas Festes traf. Der junge Polizeimeister sah Kilian fragend an.

»Ja los! Worauf warten Sie?«

Da streifte er seine Ärmel hoch und fasste in das brackige Wasser. Wühlte einen Augenblick und zog dann etwas heraus, unzweifelhaft ein Schenkelknochen.

»Weitermachen, aber vorsichtig.«

Nach und nach kamen weitere Gliedmaßen zutage, die Kilian mit Hilfe der jungen Kollegin auf dem Boden zu einer Art Skelett zusammenfügte.

»Arm- und Schenkelknochen sind komplett. Wie viele Rippen müssen es eigentlich sein?«

Prompt kam ihre Antwort: »Zwölf Paar, die meisten haben wir. Es fehlen noch viele kleinere Teile, Halswirbel, Fingerknochen …«

»Ich glaube, was wir haben, reicht dem Medizinmann. Kollegen, wir machen Schluss.«

Als ob sie es gewohnt wäre, verstaute die Assistentin die Knochen in einem mitgebrachten Plastiksack. Taffes Mädel, dachte Kilian, wird es weit bringen bei uns. Warum auch nicht, in den höheren Rängen ist die Frauenquote noch lange nicht erreicht. Und du selbst? Kannst höchstens noch Hauptkommissar werden. Jetzt sah er sie behutsam den Sack schultern, als handle es sich um eine zerbrechliche Kostbarkeit.

»Bist du so nett«, setzte er sein heiterstes Lächeln auf, »und fährst damit zur Gerichtsmedizin? Nimm die anderen Beweisstücke mit.« Er hielt ihr die Plastiktüte mit den Sachen aus dem Kinderbett hin. Sie blickte ihn fragend an. »Für einen DNA-Abgleich.«

Im Telegrammstil berichtete er von dem verschwundenen Kind. Ihre betroffene Miene zeigte ihm, dass sie mit Herz und Hirn bei der Sache war.

Auf der Wache erfuhr Kilian, dass die zum Mausegatt beorderten Kollegen mit der Botschaft zurückgekommen waren, die Frau aus Togo bleibe spurlos verschwunden.

»Was heißt ›spurlos‹, verdammt?!«, schimpfte er. »Eine so auffällige Person wird sich doch wohl finden lassen. Klappert die Flüchtlingsheime der Umgebung ab!«

Zwei Streifenwagen machten sich auf den Weg, mehr Fahrzeuge abzustellen war nicht geboten, denn es war Freitag, da krachte es im Straßenverkehr häufiger als an allen anderen Wochentagen. Fluchend machte er sich daran, auf einem Papier – einem Werbeblatt für den Polizeiberuf – den Wiesenlehm von den Schuhen abzukratzen. Dann setzte er sich und begann, Kringel auf ein Blatt zu malen. Wie könnte er diese Puzzleteile zusammenfügen? Wasserleiche, verschwundene Afrikanerin, entführtes Kind, unbekanntes Vater.

Das Telefon klingelte. Das Ausländeramt erkundigte sich, ob ein afrikanisches Kind vermisst würde. Alarmiert fragte er zurück, ob es Adjoa heiße. Der Name des Mädchens, erwiderte der Anrufer, sei ihm nicht bekannt. Kilian leckte sich aufgeregt über den Schnurbart. Wo es sich jetzt befinde? In Obhut eines Lünener Ehepaares namens Seibel, das den Antrag auf Adoption stelle. Nähere Auskunft könne er am Telefon nicht erteilen, er käme gern mit der Akte vorbei, vom Rathaus aus seien es ja nur ein paar Schritte.

»Bitte, und beeilen Sie sich!«

Donnerwetter! Wie kam das Kind zu diesem Ehepaar? Wenn es die vermisste Adjoa war, dann wurde der Fall allmählich mysteriös. Schon wieder ging das Telefon. Es war Malu.

»Wieso rufst du die Dienstnummer an?«

»Hallo, soll das eine Begrüßung sein? Gut, wenn du es dienstlich haben willst, bitte! Ich möchte Herrn Oberkommissar eine Mitteilung machen: Es hat jemand für Sie angerufen.«

»Hauptsache nicht wieder Melanie.«

»Jemand, der dich persönlich zu sprechen verlangte, den Namen hat er nicht genannt.«

»Anonyme Meldungen werden nicht bearbeitet.«

»Hör doch erst mal zu! Er habe ein Boot in der Marina in Rünthe liegen, und da sei ihm etwas aufgefallen. Auf einer benachbart liegenden Yacht habe sich wiederholt ein Schwarzer gezeigt, der bestimmt nicht der Besitzer sei. Den kenne er nämlich.«

»Wer fürchtet sich vorm schwarzen Mann? Was ist daran auffällig? Ist er eingebrochen?«

»Keine Ahnung. Aber ist es nicht ungewöhnlich genug, ein Schwarzer auf einer Yacht?«

»Das dürfte vielerorts gang und gäbe sein.«

»Nicht in Rünthe.«

»Hat dein Anrufer gesagt, wie der Besitzer heißt?«

»Ein Fabrikant aus Lünen, Zeisel oder so ähnlich.«

»Seibel?«

»Kann sein.«

Kilian stieß den Atem wie ein Walross aus. »Hochinteressant!«

»Sag ich ja. Warum erst so ungnädig?!«

Es klopfte. »Ich muss auflegen. Bis nachher, Malu, und danke.«

Der junge Mann, der eintrat, schwenkte eine Akte. »Da bin ich.«

»Moment, das wird auch meine Kollegin interessieren.« Kilian ging zur Tür und rief in den Flur: »Silke?«

Im Nebenraum ertönte ein gedämpftes »Ja, bitte?«

»Können Sie …«, er verbesserte sich rasch, »kannst du mal rüberkommen?«

Sie trat mit der Bemerkung ein: »Warum nimmst du nicht das Telefon?«

Der Besucher feixte. Es gehe, überspielte Kilian die Situation, um das verschwundene Mädchen, die kleine Adjoa Amadou. »Dann zeigen Sie mal, was Sie haben.«

Der Mann schlug seine Akte auf und wies auf ein Foto. »Hier, das Kind.«

Silke Thiel stieß einen Entzückensschrei aus. »Süß!«

Kilian reagierte ungehalten. »Uns interessieren diese Seibels, die das Kind adoptieren wollen. Wie sind sie an die Kleine gekommen, etwa über Sie?«

»Gott bewahre! Dafür wäre das Jugendamt zuständig. Bei uns waren sie, um Papiere für das Mädchen zu beantragen. Natürlich konnten wir nicht helfen.«

»Hatten sie es dabei?«

»Nein, nur das Foto und diese Datenliste hier.«

Kilian überflog die Angaben. Nirgends war der Name der leiblichen Eltern vermerkt. Er schüttelte den Kopf.

»Da könnte ja jeder kommen.«

»Eben. Deswegen habe ich Sie ja angerufen.«

»Darf ich die Akte zunächst behalten? Ich muss die Herrschaften einbestellen.«

»Selbstverständlich.« Der Beamte sah auf die Uhr. »Zwölf Uhr. Feierabend!« Er warf Silke einen neckischen Blick zu und verabschiedete sich.

»Feierabend?«, staunte sie. »Da habe ich wohl die falsche Dienststelle gewählt.«

»Aber die interessantere. Ruf doch bitte diese Seibels an, sie möchten Montagmorgen hier vorsprechen.«

»Vorsprechen? Hört sich nach Casting an.«

»Tja, vielleicht kommen sie ja ins Spiel. Sie haben eine Yacht in Rünthe liegen, darauf soll ein Schwarzer gesehen worden sein.«

»Hui, schon wieder ein Afrikaner!«

Am freien Samstag waren Kilians für eine Radtour verabredet, mit Lena und Michael sollte es an der Seseke entlang bis Lünen gehen, und nach Kamen zurück über Cappenberg, Werne und Rünthe. Eine veritable Strecke! Die Sonne schien und sie legten sich ordentlich ins Zeug, bis die erste Rast am Horstmarer See anstand. Zum Glück hatte der Kiosk bereits geöffnet und sie genehmigten sich eine Currywurst.

Weiter ging es am Cappenberger See vorbei auf das Schloss zu, und, nach einer kurzen Pause im Café dort, über Langern Richtung Werne. Angesichts der hügligen Piste gerieten sie mächtig ins Schnaufen. Als sie nahe der Lippe vorbeikamen, nutzte Malu die Gelegenheit, den Mitfahrern die Gruselgeschichte von der Wasserleiche zu erzählen.

»Ich gehe ahnungslos mit unserer Melanie spazieren ...« Kilian ließ sie gewähren, bis sie auch die afrikanische Frau ins Spiel brachte und sich zu der Schlussfolgerung verstieg: »Stellt euch vor, hier in den Wiesen hat sie ihren Mann erschlagen und einfach im Fluss entsorgt.«

»Vorsichtig, Malu«, bremste er sie scharf. »Das ist üble Nachrede und reine Fantasie.« Im Übrigen bitte er, über die Angelegenheit Stillschweigen zu bewahren, bis sie, hoffentlich in Kürze, aufgeklärt sei.

In Rünthe hielten sie am Kanal, um sich im Restaurant am Yachthafen ein Weizenbier zu gönnen. Wieder war es Malu, die Kilian an seinen Fall erinnerte. Ob er sich nicht, wenn sie schon hier seien, nebenher vergewissern wolle, was es mit der Meldung auf sich habe, dass sich auf einer Yacht ein Afrikaner aufhalte.

»Hör mal, meine Liebe«, reagierte er ungehalten, »Dienst ist Dienst und Schnaps ist Schnaps! Wenn du neugierig bist, kannst du ja einen Spaziergang machen.« Er zeigte auf die Stege, an denen Dutzende von Booten vertäut lagen. »Weißt du denn, welches das Richtige ist?«

»Es soll eine weiße Yacht sein, irgendein Frauenname, *Anna* oder so.«

Auch Lena fand, Malu übertreibe ihre Bereitschaft zur Amtshilfe, und da niemand Lust zeigte, sie auf der Suche zu begleiten, schwangen sie sich wieder auf die Räder und fuhren über den Trassenweg nach Kamen zurück.

Kaum saß Kilian bei einem Pils auf der Terrasse, als das Telefon klingelte. Er staunte nicht schlecht, als sich der Anrufer vorstellte. Seine Stimme klang erregt.

»Seibel am Apparat. Kommissar Kilian? Hören Sie, Ihre Assistentin hat uns für Montag auf die Wache bestellt …«

»Und deshalb rufen Sie mich am dienstfreien Samstag an?«, unterbrach er barsch.

»Das lässt sich nicht vermeiden. Ich muss Ihnen dringend mitteilen, dass ich der Vorladung nicht folgen werde. Einmal, weil ich beruflich verhindert bin, und zum anderen, weil ich es für eine Zumutung halte, mich wegen einer Angelegenheit zu bestellen, die ausschließlich die Zivilbehörden etwas angeht. Sie können sich gern an meinen Anwalt wenden, Dr. Becker. Schönes Wochenende.« Knack, Ende des Gesprächs.

Holla, dachte Kilian, ganz schön rabiat, der Herr. Ist es wohl nicht gewohnt, einen Termin aufs Auge gedrückt zu bekommen, statt ihn selbst zu bestimmen.

Malu kam aus der Küche, wo sie einen Salade niçoise vorbereitete. »Wer war es?«

»Herr Seibel, er möchte nichts mit der Polizei zu schaffen haben.«

»Hätten wir nach seiner Yacht geschaut! Manchmal solltest du auf deine Frau hören.«

»Darum geht es nicht. Er will ein Kind adoptieren.«

»Was hast du damit zu tun?«

»Vermutlich handelt es sich um die vermisste Kleine.«

Malu blieb der Mund offen stehen.

Montagmorgen erkundigte sich Kilian als Erstes, ob die Kollegen die verschwundene Frau Amadou aufgespürt hätten. Leider Fehlanzeige, weder im Heim Unna-Massen noch in Lünen, Bergkamen oder Werne war sie gesichtet worden. Sie hätten sich sogar in Dortmund umgehört, vergeblich. Frustriert griff er zum Telefon und bat Silke in sein Büro.

Prompt stand sie grinsend in der Tür. »Na bitte, geht doch.«

Er stutzte eine Sekunde, ehe ihm klar war, worauf sie anspielte, und er hielt es für das Beste, einverständig zurückzugrinsen. »Bitte, sei so freundlich und ruf den Knochendoktor in Dortmund an, ob er ein Ergebnis hat.«

»Schon erledigt, Chef.«

»Was? Warum erfahre ich das nicht?«

»Du hast den Bericht noch nicht angefordert.«

Kilian biss sich auf den Schnurbart. »Los, aber bitte die Kurzfassung!«

»Negativ.«

»Soll heißen, der Tote scheidet definitiv als Vater der vermissten Adjoa aus?«

»Bingo.«

Verdammte Hacke! Dabei hätte alles so gut zusammengepasst, der Zeitpunkt des Todes, das Alter des Kindes, das Verschwinden der Mutter … Jetzt hatte er zwei Fälle am Hals! »Kümmerst du dich um die Identifikation? Ruf alle Behörden der Umgebung an.«

»Bereits geschehen.«

»Alle Achtung. Und?«

»Ola Obassi.«

»Was weiter? Nähere Umstände?

»Ich dachte, du liebst die Kurzfassung. Okay, Nigerianer, seit dreieinhalb Jahren vermisst, damals 25 Jahre alt, ledig, als Asylbewerber in Werne registriert, deshalb alle Auskünfte von den dortigen Kollegen.«

»Wie erklären sie seinen Tod?«

»Keine Angabe möglich. Vielleicht ein Unfall oder Suizid. Seine Abschiebung stand bevor.«

»Suizid im Wasser? Kaum vorstellbar.«

»Was passiert nun mit den sterblichen Überresten?«

Wie gediegen sie sich ausdrückt, dachte Kilian. »Sie werden zur Bestattung freigegeben. Sag mal der Friedhofsverwaltung in Werne Bescheid. Wenigstens ein Vorgang«, seufzte er, »den wir abschließen können. Und um den vermissten Amadou müssten sich die Kollegen in Unna kümmern.«

»Sollten wir nicht dem Hinweis nachgehen, auf der Yacht in Rünthe sei ein Afrikaner gesehen worden? Ehe gleich diese Seibels kommen.«

»Leider nicht.« Kilian berichtete ihr kurz von dem Anruf am Samstagnachmittag.

»Soll ich den Staatsanwalt informieren, damit er nachhilft?«

»Noch nicht. Klären wir erst mal, ob an der Meldung was dran ist. Fährst du zur Marina raus und siehst nach? Die Yacht soll *Anna* heißen oder so.«

Silke strahlte. Endlich ein Auftrag, den sie eigenverantwortlich erledigen durfte.

Am Montagvormittag erschien der Yachthafen wie ausgestorben. Sorgsam ließ sie ihre Augen über die Wasserfläche schweifen und stieß bald auf ein von den Ausmaßen her auffälliges weißes Boot, das *Anja* hieß. Das Tor zum Steg stand offen. Sie war drauf und dran, an Bord zu gehen, da hielt sie inne. Brauchte sie dazu nicht einen Durchsuchungsbeschluss? Ein Übergriff würde ihr sicher angekreidet.

»Hallo?«, rief sie laut, »ist jemand an Bord?«

Nichts regte sich. Sie beugte sich vor und trommelte heftig gegen die Bordwand, der Kunststoff verstärkte das Geräusch wie eine Buschtrommel. Plötzlich öffnete sich die Tür der Luke und ein schwarzer Krauskopf tauchte auf. Ohne sich ihre Überraschung anmerken zu lassen, hielt sie ihren Ausweis hoch.

»Polizei. Kann ich an Bord kommen?«

Der Unbekannte zog blitzartig den Kopf zurück. Da ließ sie alle Bedenken fahren, war mit einem Sprung an Deck und riss die Lukentür auf.

»Warten Sie!«, rief sie die Treppe hinab. »Kann ich Sie kurz sprechen?« Keine Antwort. Vorsichtig stieg sie hinunter.

Kilian griff derweil zum Telefonhörer. Es ginge, trug er dem Kollegen in Werne vor, um diesen Nigerianer, Ola Obassi, der vor drei oder vier Jahren verschwunden sei.

»Und wie habt ihr den Fall weiter bearbeitet?«

»Zu den Akten gelegt«, lautete die lakonische Auskunft. »Sind beide unauffindbar geblieben.«

»Wieso beide?«, staunte Kilian.

»Na, der Ola und sein Landsmann, ich glaube, er hieß Kobe. Passiert ja nicht oft, dass solche Burschen abhauen, lieber kommen sie her.«

Kilian entfuhr ein mahnendes »Kollege!«

»War nur ein Scherz. Wir haben sie dann europaweit zur Fahndung ausgeschrieben. Nichts!«

»Der Obassi ist nun von uns gefunden worden. Möglicherweise von dem anderen ermordet. Gab es ein Motiv?«

»Sie sollen Streit gehabt haben, laut Aussage anderer Heimbewohner. Vermutlich wegen Drogen, der eine schuldete dem anderen Geld.«

»Hm«, machte Kilian, was bedeutete, dass er die Angelegenheit für erledigt hielt. »Kümmert ihr euch um die sterblichen Überreste?«

»Okay«, knurrte der Kollege. Er werde der Friedhofsverwaltung Bescheid sagen.

Kilian legte auf. Wenigstens ein Vorgang, dachte er, den wir abschließen können. Und um den vermissten Amadou müssten sich die Kollegen in Unna kümmern. Pfeifend begann er, sich eine Apfelsine zu schälen. Dann schaute er auf die Uhr und wählte Silkes Handynummer. Keine Antwort. Was war da los? Nervös klopfte er einen Rhythmus auf die Schreibtischplatte, *tám-tam-tam-tám*! Schließlich sprang er auf und ging zu Winkler nach vorne. Nein, dort hatte sie sich auch nicht gemeldet.

Er begann, sich Vorwürfe zu machen. Warum hatte er ihr nicht einen Kollegen zugeteilt, bei Einsätzen war das so vorgeschrieben. Aber war der kleine Erkundungsauftrag überhaupt ein Einsatz? Schließlich warf er sich in seine Uniformjacke, um selber in Rünthe nach dem Rechten zu sehen.

Auf dem Parkplatz hielt er mit quietschenden Reifen und stürmte, nachdem er sich mit einem Seitenblick überzeugt hatte, dass Silkes Fahrzeug noch da parkte, zur Promenade und zum nächsten Steg. Große weiße Yacht? Mindestens drei, die in Frage kamen. Wie sollte sie heißen? *Anke*, *Anna*, *Anja*? Da, *Anja*, die musste es sein. Er zögerte nicht, auf das Deck zu springen, Teakholz, registrierte er mit geschärften Sinnen. Plicht und Brücke waren leer, also runter ins Innere.

Die Lukentür stand auf. Kilian zog die Dienstwaffe aus dem Schulterhalfter und tappte mit angehaltenem Atem die Stufen hinunter. Im Salon niemand zu sehen. Es gab drei Türen. Die erste führte in die Pantry, keine Spur von Silke. Doch nebenan auf einmal ein Geräusch, ein gedämpftes Stöhnen. Er riss die Kabinentür auf, da auf dem Teppich lag sie, an Händen und Füßen gefesselt, den Mund verklebt. Er zog die Klebestreifen ab und half ihr aufzustehen.

»Alles in Ordnung?« Die Sorge stand ihm ins Gesicht geschrieben.

Sie holte tief Luft. »Danke, Horst.«

Das erste Mal, dass sie dich beim Vornamen genannt hat, registrierte er mit Genugtuung. »Der Afrikaner?«, fragte er. Sie nickte. »So ein Mistkerl!«, lederte er los.

»Ich denke, der wollte mir nicht wehtun. Dem stand panische Angst ins Gesicht geschrieben.«

»Und wo ist er jetzt?«

»Abgehauen, wer weiß wohin.«

»Wenn er sich hier versteckt gehalten hat, ist das mit Seibels Einwilligung geschehen. Den kaufen wir uns jetzt! Bist du soweit okay?«

Sie nickte. »Alles gut.« Sie nahm ihr Handy und tippte mit flinken Fingern etwas ein.

»Was guckst du nach?«

»Seibels Adresse in Lünen. Am Cappenberger See, natürlich in der teuersten Wohngegend.«

»Dann los.«

Als sie vor der Villa vorfuhren, sahen sie, wie sich gerade die automatische Tür der Doppelgarage schloss. Das weiße Portal war vergittert, beiderseits von aufrecht sitzenden Löwen flankiert. Silke drückte den Klingelknopf. In der Sprechanlage eine weibliche Stimme: »Ja bitte?«

»Kriminalpolizei, dürfen wir reinkommen?«

Das Tor sprang auf und in der Eingangstür erschien eine Dame in einem magentafarbenen Hosenanzug. Kilian zückte den Dienstausweis. »Frau Seibel?« Sie nickte. »Ist der Hausherr ebenfalls zu sprechen?«

»Sie haben Glück«, lächelte sie und gab ihnen wortlos den Weg in das Vestibül frei. »Er ist soeben nach Hause gekommen. »Bruno?«, rief sie die breite Treppe hoch. »Hast du einen Augenblick Zeit? Zwei Herrschaften von der Polizei.«

»Moment«, hörten sie ihn rufen. Sie nahmen im Salon Platz.

»Darf ich Ihnen etwas anbieten?«

Sie wurden der Antwort enthoben, denn er trat ein, augenscheinlich verärgert.

»Hatte ich Ihnen nicht telefonisch mitgeteilt …«

»… dass Sie sich nicht auf die Wache bemühen wollten, richtig, deshalb haben wir uns jetzt herbemüht. Fackeln wir nicht lange herum. Zwei Fragen, die Sie schnell beantworten können. Erstens: Woher stammt das Kind, das Sie adoptieren wollen? Zweitens: Wer ist der Afrikaner, dem Sie auf Ihrer Yacht Unterschlupf gewähren?«

»Gut, dann will ich Ihnen ebenso knapp antworten. Erstens: Das Kind wurde uns von seinem Vater zur Adoption angeboten. Zweitens: Der junge Mann auf dem Schiff ist ein Flüchtling, dem wir aus humanitären Gründen die Chance geben, durch Wachdienst und leichte Arbeiten seine Kasse aufzubessern. Könnten Sie von 350 Euro leben?«

»Dürfen wir die Namen erfahren?«

»Amadou.«

»Wer, der Vater des Kindes oder der junge Mann auf Ihrem Schiff?«

»Beides.«

Kilian blickte seine Kollegin vielsagend an. »Und wie heißt das Kind?«

»Natürlich auch Amadou.«

»Und mit Vornamen?«

»Wir wollen das Mädchen Sophie nennen.«

»Könnte es sein«, meldete sich Silke zu Wort, »dass es Adjoa heißt?«

»Das will ich nicht ausschließen, diese afrikanischen Namen kann ich nicht behalten. Wenn ich Sie jetzt bitten dürfte, mein Haus zu verlassen.«

»Wenn Sie uns noch den Aufenthalt der beteiligten Personen verraten.«

Herr Seibel wechselte einen schnellen Blick mit seiner Frau. Sie nickte. »Das Mädchen ist zur Zeit bei uns in Pflege, und der Vater müsste auf dem Schiff sein.«

»Ist er nicht mehr«, warf Silke trocken ein. »Bleibt die Frage nach der Mutter.«

»Soweit wir von Herrn Amadou wissen, hat sie sich in eine andere Stadt abgesetzt. Sie wollte das Kind nicht mehr.«

»Das kann ich nicht bestätigen«, stellte Kilian fest und stand auf. »Sie werden von uns hören.«

»Das kann ja wohl nicht wahr sein!«, tobte Silke los, als sie wieder im Auto saßen. »Der meint wohl, er sei der Emir von Katar.«

»Na, na! Keine Beleidigung von Staatsoberhäuptern! Ob der Bursche auf dem Boot wohl mit Seibel unter einer Decke steckt?«

»Der wirkte er total gehetzt. Als ob er unter Druck stünde.«

»Wir müssen ihn finden. Er kann uns den Schlüssel zur Lösung liefern.«

»Mein Bauchgefühl sagt mir: Lass uns noch mal zur Marina fahren.«

»Mein Bauch fühlt vor allem Hunger.«

»Ich habe Cracker im Auto.«

Sie parkten in der Marina neben Silkes Wagen, und Kilian griff dankbar in die Kekspackung. Dann machten sie sich auf den Weg zum Boot.

Als sie den Steg betraten, raunte Silke: »Er ist zurück.«

Sie deutete auf die Pantry, in der Licht brannte. Kilian langte nach seiner Dienstwaffe. Vorsichtig stahlen sie sich aufs Deck und die Treppe hinunter. Klappern in der Küche. Blitzschnell drückte Kilian die Tür auf und riss dem Mann, der am Herd stand, die Arme nach hinten. »Leg ihm Handschellen an!«, rief er, und wie gelähmt ließ der kräftig gebaute Afrikaner zu, dass sich die Metallreife um seine Handgelenke schlossen.

Sie führten den Überrumpelten in den Salon. Er zitterte am ganzen Leib, sodass Kilian ihm versicherte: »Herr Amadou, bitte beruhigen Sie sich, wir wollen Sie nicht verhaften.« Der Gefesselte rollte ungläubig mit den Augen. »Verstehen Sie mich?« Er nickte. »Sie sind frei, wenn Sie uns alles erzählen.« Er nickte heftiger, sodass Kilian sich sicher war, dass keine Gefahr von ihm ausging. »Nimm ihm die Fesseln ab«, forderte er Silke auf.

»Sie heißen Koffi Amadou?«, begann er die Befragung. Er nickte zum dritten Mal, sichtbar erleichtert. »Der Vater von Adjoa?« Auch das bestätigte er stumm. »Und der Mann von Afiwa?« Er machte große Augen, ohne zu nicken. »Wissen Sie, wo sie sich aufhält?« Er schüttelte heftig den Kopf.

Immerhin, registrierte Silke, konnte er hinreichend Deutsch, um die Fragen zu verstehen. »Wie lange sind Sie in Deutschland?«. Er hob drei Finger. »Solange dauert Ihr Asylverfahren? Und die ganze Zeit waren Sie zum Nichtstun verurteilt? Krass!«

»Herr Amadou«, fuhr Kilian fort, »wir waren bei Herrn Seibel. Er sagt, Sie sind freiwillig hier. Stimmt das?« Wieder bejahte er durch Kopfnicken. »Und haben ihm Ihr Kind freiwillig überlassen?« Der winzige Moment, mit dem er zu nicken zögerte, machte Kilian stutzig. »Hören Sie«, wurde er scharf im Ton, »wenn Sie uns belügen, dürfte das Ihren Aufenthalt hier beenden. Kann es sein, dass Herr Seibel Sie gezwungen hat, ihm das Kind zu überlassen?«

Amadou seufzte gequält, sagte aber nichts.

»Ist Ihre Frau damit einverstanden?«

Jetzt traten Tränen in seine Augen.

»Afiwa sehr traurig.«

»Sie haben ihr das Kind weggenommen, stimmt's?« Sein Aufschluchzen sprach Bände. »Warum?«, bohrte Kilian weiter.

»Sonst Abschiebung, sagt Monsieur Seibel. Wenn Kind bei ihm, ich mit Afiwa zusammen Wohnung und gute Arbeit.«

»So ein Halunke!« entfuhr es Silke. »Die Aussage reicht für den Staatsanwalt.«

»Herr Amadou, weiß Ihre Frau, dass Sie hier auf dem Schiff sind?«

Er schüttelte den Kopf.

»Okay. Sie wohnen eigentlich im Lager Unna-Massen. Da müssen wir Sie wieder hinbringen. Oder wollen Sie lieber zu Ihrer Frau nach Kamen?«

Er rutschte unruhig auf seinem Sitz hin und her.

»Monsieur Seibel sagt, ich soll immer hier sein, bewachen sein Boot.«

»Herr Seibel hat Ihnen gar nichts mehr zu sagen. Kommen Sie.«

Silke nickte ihm so freundlich zu, dass er Ihnen widerspruchslos folgte.

An der Kamener Wache erwartete sie eine Überraschung. Kaum waren sie eingetreten, winkte Winkler sie heran. »Das Klageweib ist wieder da!«

»Wer? Frau Amadou?«

»Afiwa?«, stieß ihr Mann hervor. »Wo?«

»Sie muss jeden Augenblick hier sein. Eine Streife hat sie in Dortmund am Hauptbahnhof aufgelesen, völlig außer sich, als ob sie unter Drogen stünde.«

»Gut«, freute sich Kilian. »Da können wir endlich zusammenbringen, was zusammengehört.«

»Dazu müsste man aber noch das Mädchen holen«, fand Silke.

»Dann machen wir uns mal auf die Socken zu den Seibels.«

In dem Moment kam der Streifenwagen aus Dortmund vorgefahren, zwei Beamte geleiteten die Vermisste herein. Zu Kilians Verblüffung ging sie wie eine Furie auf ihren Mann los, Verwünschungen in ihrer Muttersprache hervorstoßend. Noch mehr wunderte ihn, dass der, ohne sich zur Wehr zu setzen, die Prügel über sich ergehen ließ.

Derweil die Beamten amüsiert zuschauten, wurde es Silke zu bunt. »Genug, Frau Amadou!«

»Sie versteht nur Französisch«, rief Kilian lachend.

Da wiederholte sie die Aufforderung: »Assez, madame, cela suffit!« Sofort hielt sie inne.

Kilian blickte Silke beifällig an. »Kannst du sie fragen, warum sie so wütend ist? Weil er ihr das Kind weggenommen hat?«

Sie nickte. »Madame Amadou, vous êtes en colère, parce que' il a pris votre jeune fille?«

Statt zu antworten, schrie sie erneut los und wollte sich auf ihn stürzen.

»Stopp!«, brüllte Kilian. »Sag ihr, wir fahren jetzt das Kind holen, Ob sie mit will?«

Und ob sie wollte! Und ließ es sogar zu, dass ihr Mann mit einstieg. Ihrem recht zärtlich klingenden Geflüster auf den Hintersitzen zufolge war eine gepflegte Versöhnung im Gange. Es klang wie Musik, was sie sich auf Ewe zu sagen hatten. Und so war es ja auch: *Ameawó le agbleawó me*, Vögel zwitschern auf den Bäumen.

Die Macht der Farben

Sei glücklich, wenn du in einer Gegend lebst, in der die Farben unumstritten sind, sagen wir in Herne oder Werne. Der Ort dagegen, in dem ich wohne, ist Kampfzone, mitten durch die Siedlungsgärten läuft die Front. Man sieht es an den allerorts aufgezogenen Bannern, hier Schwarzgelb, dort Blauweiß, möglichst überdimensional, um den Erzfeind zu übertrumpfen. Dass ich kein Fahnentuch gehisst hatte, galt beiden Seiten als unbegreiflich, immer wieder musste ich erklären, dass ich auch auf Farben stehe, doch in einer Stadt groß geworden bin, wo Grün angesagt ist, das hängt einem ein Leben lang in den Kleidern. Dann nickten sie zwar nachsichtig, wandten sich aber insgeheim angewidert ab – Grün, oh je, der Ärmste, aber wenigstens nicht Rot!

Samstag ist Kampftag, die Formationen rücken aus, farbenprächtig uniformiert, bewehrt mit Kutten, Kappen, Schals und Latschbier. In langen Zügen, zu Fuß oder mobil, ziehen sie lärmend dem Schlachtfeld entgegen, sich in ihren Gesängen überbietend, herausfordernden und niedermachenden Sprüchen, grell darauf, den erwarteten Sieg zu feiern. Stoßen sie aufeinander, vergessen sie oft, dass sie eigentlich gegen Krieg sind, im Wirbel der Fäuste gibt es keinerlei Grundsätze mehr außer dem einen: Unserer Farbe gehört der Sieg! Ich blieb jedes Mal zurück am heimischen Fernsehgerät und war mir nicht klar darüber, durch welche Brille ich den Kampf betrachten sollte – bis zu jenem Tag, der mir den Weg zu meinen Farben gewiesen hat. Heute wage ich es, mich offen zu bekennen, auch wenn ich weder Fahne noch Trikot trage. Und das kam so:

Zermürbt von der Kritik an meiner Unentschiedenheit, entnervt von dem samstäglichen Getöse, beschloss ich vor Ende der Spielsaison, in den Urlaub zu flüchten, dorthin, wo weder die eine noch die andere Farbe vorherrscht, dafür fast das ganze Jahr die liebe Sonne. So bummelte ich eines Aprilabends, berauscht von den frischen Farben des südlichen Frühlings, die Rambla entlang, ließ mich von der lauen Luft umfluten, saugte die rosigen Düfte ein, lauschte der nahen Brandung, dem Rauschen des Windes, der die Zweige der Palmen kämmte – und merkte auf einmal, dass ich allein war.

Wo seid ihr alle, fragte ich mich, die ihr sonst hier flaniert? Als ich verstohlen in die Fenster der weißgetünchten Häuser blickte, erkannte ich überall bläulichen Bildschirmschimmer. Neugierig eilte ich zur nächsten Bodega, aus der Lärm an mein Ohr drang, und blieb spähend im Eingang stehen. Plötzlich steigerte sich das Gegröle zu dem vielkehligen Aufschrei *gol!* und ich sah, wie sich ein rotgelbes Knäuel über die Breitwand wälzte. Noch betrachtete ich stumm die Szene, da trat aus dem Dunkel ein Uniformierter auf mich zu.

»Señor«, fragte er mich sanft in passablem Deutsch, »warum jubeln Sie nicht?« Ich sah ihn verständnislos an. »Schauen Sie«, zeigte er nach drinnen, »wir haben ein Tor geschossen, jeder hier brüllt sein Glück heraus, nur

Sie schweigen.« Ich zuckte mit den Achseln. Was sollte ich denn sagen?

Mit einer Spur von Missbilligung in der Stimme horchte er nun nach, ob ich mich etwa nicht für Fußball interessiere. Sehr wohl, beeilte ich mich zu versichern, ich sei Fußballfan von Jugend an. Dann müsse ich doch begreifen, fuhr er belehrend fort, welchen Segen Fußball stifte, weil er die Menschen in Freud und Leid zusammenführe. Um in scharfem Ton hinzuzufügen: »Wer nicht mitjubelt, macht sich verdächtig, nicht für die Gemeinschaft zu sein!«

Da wurde es mir zu bunt. »Hören Sie«, entgegnete ich, »ich bin auf Urlaub hier, Urlaub auch vom Jubeln. Zumal ich«, hob ich gereizt die Stimme, »gar nicht weiß für wen.«

Da hättest du den braven Beamten sehen sollen. Er reckte sich zu seiner ganzen Größe empor und bellte: »Sie wissen nicht für wen?« Mit dem Zeigefinger stach er auf das rotgelbe Männerknäuel auf dem Bildschirm. »Haben Sie keine Augen im Kopf?«

»Sicher«, stotterte ich, »ich sehe Rotgelb, aber die Farben sagen mir nichts.« Da sah er mich an, als hätte ihn der Schlag getroffen. Mitfühlend beeilte ich mich zu erklären: »Jubeln kann man doch nur, wo man zu Hause ist.«

Schwer atmend zwirbelte er seinen Schnurbart. »Rotgelb sagt Ihnen nichts?«

»Nein!«, rettete ich mich, um ihn endlich zufrieden zu stellen, in das spontane Bekenntnis: »Wenn schon, dann Schwarzgelb.«

Schlagartig erhellten sich seine Züge. »Borussia!«, brüllte er und haute mir auf die Schulter, dass ich fast eingeknickt wäre.

»Borussia«, nickte ich und sandte den Blick hinauf zum gelben Mond im schwarzen Himmel.

»Compañero! Darauf müssen wir trinken!« Damit schob er mich vor an die Theke, wo alsbald eine Flasche vor uns stand, schwarzer Stier auf gelbem Grund. So habe ich zu meinen Farben gefunden.

Jagdtage in Heeren

Anna spitzte die Ohren. Immer wieder Wagengerassel und Hufschlag auf der neuen Zufahrt zum Schloss – die Jagdgesellschaft war im Anmarsch! Sie stürzte von ihrem Platz am Flett, wo sie an der Herdstelle den Topf mit der Gerstengrütze bewachte, zum Fenster, um einen Blick auf die Ankömmlinge zu erhaschen. Doch obwohl die Bäume entlaubt standen, war die Entfernung vom Kotten zum Weg zu groß, um Einzelheiten zu erkennen. Wart es ab, sagte sie sich, wenn die Gesellschaft vollzählig ist, wirst du sicher hinzugerufen werden, an solchen Tagen reicht das Gesinde zur Bedienung nicht aus.

Jetzt, da nach dem Martinstag die Scheuern wieder prall gefüllt waren und die abgelieferten Gänse in der Herrschaftsküche gerupft bereit lagen, würde der hohe Herr keine Umstände scheuen, seine vornehmen Gäste zu bewirten. Stand er auch schon im neunundsiebzigsten Lebensjahr, so erfreute er sich Gott sei Dank noch guter Gesundheit und ließ es sich nicht nehmen, zur Herbstjagd zu laden, allzu sehr wusste er das alljährliche Wiedersehen – und den Wildbraten – zu schätzen, denn selbst im Schloss gab es Fleisch meist nur am Wochenende.

Anna drehte einen Moment versonnen an ihrem blonden Zopf, ehe sie sich wieder dem Herdfeuer zuwandte und überlegte, was sie den Männern, die gleich vom Feld kämen, zur Abendmahlzeit auftischen sollte, sie könnte zum Grützbrei Birnenkraut geben und danach etwas Dörrobst. Keut, das Weißbier aus dem Schloss, war jedenfalls genug vorhanden und würde die Laune der Mannsleute verbessern, die bei dem kalten Wetter – es hatte nachts bereits gefroren – bestimmt abgekämpft heimkommen würden. Um Schwager Wienhold war es ihr weniger zu tun als um seine Jungen, besonders um Jakob, den Jüngsten, der mit fünfzehn Jahren seinen Mann stehen musste.

Die Stalltür knarrte, ihr Vater kam als Erster in die Deele. Der olle Klosterkötter, wie er im Dorf hieß, taugte mit seinen über achtzig Jahren noch gerade dazu, der Kuh und den Schweinen das Futter vorzusetzen. Er war Zeit seines Lebens ein kirchenfrommer Mann gewesen, selbst als langjähriger Witwer, aber seit Annas Schwester vor Jahren im Kindbett verstorben war, hatte er sich zum Griesgram gewandelt und sogar begonnen, mit Gott zu hadern. Hatte Anna streng verboten, den Junggesellen im Dorf schöne Augen zu machen, sie würde hier im Haushalt gebraucht. So war sie in ihrem fünfundzwanzigsten Jahr noch immer unverheiratet und die einzige Frau im Haus.

Kaum hatte der kahlköpfige Alte an der Stirnseite des Tisches Platz genommen, da wurden draußen die schweren Tritte des Zugpferdes laut, die Männer trafen ein. Flink brachte Anna das Geschirr auf den Tisch. Schwager Wienhold, ebenfalls Klosterkötter genannt, erschien im Tor, nicht gerade einer, der als stattlicher Mann galt. Klein und gedrungen gewachsen, mit tiefliegenden Augen, sah er so aus, als hätte ihm das Leben übel mitgespielt. Dabei war der Klosterkotten, den er zu bewirtschaften hatte, ein auskömmliches Anwesen, obgleich nicht mehr dem fernen Kloster in Hörde, sondern dem gestrengen Heerener Schlossherrn abgabenpflichtig.

»Essen fertig?«, fragte er statt einer Begrüßung.

Anna nickte, hakte den Kessel über dem Herdfeuer aus und stemmte ihn auf den Tisch.

Jetzt führte Jan den Gaul herein und in den seitlichen Verschlag, seine Brüder folgten.

»Enneken«, strahlte Jakob, der sommersprossige Jüngste, sie erwartungsvoll an. »Wat givt et, Möpkenbroot?«

»Wo denkst du hin, heute ist Freitag.« Da machte er ein langes Gesicht.

»Kommt, trinkt erst mal einen Schluck.« Sie stellte die Kanne hin und schenkte ein. Dann griff sie zur Kelle und füllte die Suppenschüsseln. Nachdem alle, nach dem Alter geordnet, am Tisch hockten, Anna mit Jakob auf der Frauenseite, begannen sie, schweigend den Brei zu löffeln, Schwarzbrot dazu kauend.

»Kannst wenigstens einen Stich Butter rausrücken«, knurrte Wienhold. »Bei der Herrschaft drüben geht's anders zu.«

»Butter ist aus«, beschied sie ihn. »Morgen, wenn ihr bei der Hetzjagd dabei seid, wird wohl ein Stück Federvieh für euch abfallen.«

»Ein Hühnchen für sechs Mäuler«, spottete Wienhold.

»Vielleicht dürfen wir nach der Jagd mit am Gesindetisch sitzen«, hoffte Jan.

Anna zuckte mit den Schultern. »Sind wohl zu viele Leute. Fünfzig Treiber, dazu die Herren Jäger. Ich muss heute bestimmt noch rüber, die Gesellschaft bedienen helfen.«

»Die kriegen bestimmt unsre Schuldgänse auf den Tisch.«

»Wienhold!«, wies ihn der Alte zurecht. »Ok de Herrschkap hollt sich an dat Gebot.«

Die Herrschaft, das war der Alte von Plettenberg, der seit einem Menschenalter auf dem Schloss saß und sowohl als Kirchenpatron wie als Gerichtsherr ein strenges Regiment führte. Nach und nach hatte er sich die anderen Rittergüter im Dorf und viele Höfe und Kotten angeeignet und duldete keinen anderen Herrn als den König. Sein ältester Sohn Ferdinand, der ihn beerben würde, war nun dabei, im Innenhof die Ankömmlinge in Empfang zu nehmen, als da waren die Freiherrn von Bodelschwingh von Haus Velmede, Vater und Sohn Diederich von der Recke von Haus Reck, Johann von der Recke aus Uentrop, der vor Jahren das Schloss Horst an der Emscher mit dem Haus Heidemühlen an der Lippe getauscht hatte, sowie der von Palant, derzeit Herr auf dem nahen Haus Heyde. Des Weiteren etliche Großbauern, die es verstanden hatten, ihren Hof abgabenfrei zu halten, wie Schulze-Pröbsting aus Ostheeren, dazu Volkermann, Klotmann, Schulze-Baukingroth, Gevert und andere.

Was gab es nicht alles an Neuigkeiten auszutauschen! Von den befriedigenden Ernteerträgen, die den Martinstag vergoldet hatten, zum letzten Gewitter, bei dem der Blitz in die uralte Heerener Linde gefahren war, und dem frühen Frost, der dem Wintergetreide zusetzte, bis hin zur großen Politik: Der junge König Friedrich Wilhelm hatte sich auf einen Feldzug gegen die Schweden begeben und vor wenigen Wochen war der französischen König Ludwig XIV. gestorben, nachdem er sage und schreibe zweiundsiebzig Jahre regiert hatte – Plettenberg saß gerade halb so lange auf Haus Heeren. Das Allerneuste wusste der Ältere von der Recke beizutragen, soeben seien die Schweden auf Rügen geschlagen worden, bald werde die gesamte Küste preußisch sein.

Endlich bat Ferdinand ins Haus. Über die Brücke schritten sie auf das Portal zu, wo sie der alte Plettenberg mit seiner dröhnenden Bassstimme jovial begrüßte. Leider stand ihm keine Haufrau mehr zur Seite; seine Gemahlin, die er einst als Vierzehnjährige geehelicht und damit das Schloss erworben hatte, war früh, wie es damals Frauenschicksal war, verstorben. An ihrer Stelle gab sich Ferdinands junge Frau Amalie die Ehre, eine Geborene von Bodelschwingh, und geleitete die Gäste ins Vestibül, wo die Herren Dreispitz und Überrock ablegten, um in den Rittersaal zu treten, wo das im Haus gebraute Bier in Kannen bereit stand.

Kaum hatten sie Platz genommen, ergriffen sie die Humpen, um ein Vivat auf die Gastgeberin auszubringen. In aller Namen bedauerte der Schlossherr, dass die Töchter des Hauses allesamt nicht anwesend waren, weil sie im Damenstift Fröndenberg lebten, dem Umstand geschuldet, dass er als ihr verwitweter Vater mit der Erziehung überfordert war. Zumindest die jüngste, Charlotte, wurde morgen erwartet, um beim Festabend den Gästen vorgestellt zu werden, besonders, so Plettenbergs Hintergedanke, dem jungen Diederich von der Recke, dem eine Verwaltungskarriere bevorstand. Das knisternde Kaminfeuer tat ein übriges, dass sich in dem getäfelten Raum eine behagliche Stimmung ausbreitete.

Schnell wandte sich das Gespräch der bevorstehenden Jagd zu. Jäger Heinrich Timmermann wurde befragt, wie die Aussichten stünden, und versicherte, die Bestände an Niederwild seien hervorragend, und auch an Schwarz- und Rehwild werde es, obschon die herrschaftlichen Wälder nicht sehr weitläufig waren, nicht mangeln. An die fünfzig Pikeniere, pikentragende Treiber, stünden morgen früh bereit, um das Wild in die aufgestellten Netze zu treiben. Ob es denn noch Wölfe im Revier gebe, wollte der junge von der Recke wissen, bei ihnen sei ein ganzes Rudel zugange. Der Jäger versicherte, er habe zumindest Spuren gesehen.

Inzwischen war Pfarrer Gottfried Carp zu der Gesellschaft gestoßen, der sich sogleich die Frage gefallen lassen musste, ob es zutreffe, dass er sich verändern wolle. Er war der vierte Stelleninhaber unter dem alten Plettenberg, der in dem Ruf stand, recht eigenmächtig mit dem Patronat umzugehen und keinen Widerspruch der Kirchenorgane zu dulden. Der Pfarrer beeilte sich zu versichern, seine Absicht sei rein familiär begründet, er habe in seinen Dienstjahren in Heeren noch nie einen Dissens mit Seiner Hochwohlgeboren gehabt. Bauer Gevert, der als Kirchmeister wirkte, bestätigte die Aussage durch heftiges Kopfnicken, während man Schulze-Pröbsting leise zischeln hörte, von Rechts wegen, nämlich durch freie Wahl, seien weder Carp noch seine Vorgänger ins Amt gelangt.

Der alte Plettenberg rieb sich verdrießlich das energische Kinn, das Thema war nicht dazu angetan, das

Einvernehmen der Gesellschaft zu fördern. Eilig hob er seinen Pokal. »Ein Hoch auf Seine Majestät, unseren allergnädigsten König Friedrich Wilhelm!«

»Er lebe hoch, hoch, hoch!«

»Hans!«, rief er sodann dem Rentmeister zu. »Was ist mit der Suppe?«

Dieser gab die Frage im Befehlston an die Küche weiter, und schon kamen die Bediensteten in langer Reihe mit den Speisen hereingetrippelt. Zum Auftakt des Mahls wurde Krebsschwanzsuppe serviert, dazu gab es Micken, Milchbrötchen, mit Butter. Die Kannen wurden nachgefüllt, die Vorräte des in der Vorburg eingerichteten Brauhauses schienen unermesslich, der Heerener Kellermeister war ein angesehener Mann.

»Besser als das Unnaer Stadtbier«, lobte der alte von der Recke laut, und er musste es wissen, da er als Droste regelmäßig in der Stadt zu tun hatte.

Mit der Fröhlichkeit im Saal stieg die Aufgeregtheit der Küchenmamsell. »Lauf schnell zum Klosterkötter rüber«, herrschte sie Trine Biermann an, »und hol die Anna, sie soll aushelfen kommen!«

Währenddessen war es fast acht Uhr, für den Landmann eine Zeit, zu der er sich nach dem mühevollen Arbeitstag, statt noch am Herdfeuer zu plaudern, lieber in die Schlafstube verzog. Nur Anna war noch auf den Beinen, legte Holz nach und setzte sich dann wartend auf ihre Bettstatt. Als es am Fensterladen pochte, wusste sie Bescheid. Zog sich die Haube zurecht, strich sich das schlichte Wollkleid glatt, warf sich ihr Tuch um und schlich durch die Seitentür nach draußen, wo Trine sie in

Empfang nahm. Am Pfarrhaus vorbei eilten die beiden Frauen zum Torhaus und über den Hof in die Küche.

»Los, los!«, wurden sie von der ruhelosen Küchenmamsell empfangen, »der nächste Gang muss auf den Tisch.« Das war der Fischgang, denn die Seseke, die hinter dem Schloss floss, lieferte reichlich Fische, Hechte, Barsche und Schleien, die, wie alles Wild, nur der Herrschaft zustanden. Anna nahm ein Silbertablett voller Bratfisch auf und betrat mit vor Aufregung geröteten Wangen den Saal, um die Runde zu machen und den Herren vorzulegen. Jedes Mal, wenn sie sich dabei vorbeugen musste, wölbte sich das Hemd in ihrem kastenförmigen Kleiderausschnitt vor und gab den Blick auf den Ansatz ihrer vollen Brüste frei – sie merkte wohl, wie sich bei manchem Zecher die Pupillen weiteten.

»Na, Jungfer Anna«, strahlte sie der rotbackige Klotmann an, »hast dich ja prächtig gemacht über den Sommer, habe dich lange nicht so fesch gesehen.«

Anna knickste artig und machte, dass sie weiterkam. Wenn sie den Tisch entlang auf all die prächtigen Perücken schaute, die brokatbestickten Röcke der Edelleute, die Spitzen an den Ärmeln ihrer Westen, die seidenen Kniehosen, kam sie sich vor wie in einer Märchenwelt, und war es nicht wie im Märchen, dass sie, die unbedarfte Anna Klosterkötter, dieser so vornehmen Herrschaft dienen durfte?

Als sie jedoch den strengen Blick des schwarz gewandeten Pfarrers auf sich gerichtet spürte, durchfuhr es sie heiß. Ob er etwas ahnte? Niemand konnte in ihr Herz sehen, außer Gott – und der Teufel?

»Trine«, stieß sie hervor, als sie wieder in der Küche war, »mir ist unwohl.«

»Setz dich einen Moment«, riet sie ihr. »Du bist ganz außer Atem.«

Zum Glück waren nur noch Buchweizenpfannkuchen aufzutragen und danach die Näpfe mit der Nachspeise, Dickmilch mit Hutzeln. Aber wie viele Biergänge würden noch folgen? Sie biss die Zähne zusammen und eilte wieder los. Gegen zehn ließ Plettenberg seine Bassstimme erschallen.

»Meine lieben Jagdgenossen, es ist an der Zeit. Morgen um sieben wird das Horn geblasen und wir machen uns auf den Weg ins Holz. Ich wünsche allen eine angenehme Nachtruhe. Für die nötige Bettschwere dürfte mittlerweile wohl gesorgt sein.«

Unter allgemeinem Gelächter zogen sich die Herren in die vorbereiteten Schlafgemächer zurück, während die örtlichen Bauern den kurzen Heimweg zu Fuß antraten. Endlich konnte sich auch Anna nach Hause aufmachen. Lautlos stahl sie sich in die Deele, schaute nach dem Feuer und schlüpfte in ihre Stube. Kaum hatte sie Schuhe und Kleid abgestreift, fiel sie erschöpft ins Bett. Gerade wollten ihr die Augen zufallen, da knarrte ihre Tür.

»Bitte«, stammelte sie, »nicht heute Nacht, ich bin todmüde.«

Der da zu ihr kroch, brummelte leise: »Nur ein bisschen streicheln, mir ist kalt.«

Anna fühlte sich zu schwach, um sich zu widersetzen, und ließ es, wie so oft, geschehen. Sollte sie, sollte den Klosterkötter doch der Teufel holen!

Als der Wagen die alte Heerener Linde erreichte, rief Charlotte erstaunt aus: »Was ist passiert? Sie sieht ja so mitgenommen aus.«

Jost, der Kutscher, wandte den Kopf zu den Damen um. Sie sei jüngst vom Blitz getroffen worden, erklärte er, seitdem werde der Ort gemieden, dort ginge die weiße Frau um.

»Welche weiße Frau?«, wunderte sich Charlotte.

»Die ohne Kopf«, raunte er.

»Schnickschnack«, fuhr ihn Luise an, die älteste der Plettenberg-Schwestern.

Brummig gab Jost den Pferden die Peitsche.

Als sie in den Torweg einbogen, beugte sich Charlotte weit zur Seite heraus, um den Blick auf das Wasserschloss zu genießen. Kaum war die Kalesche auf den Hof gerollt, sprang sie heraus und reichte Luise die Hand. »Endlich wieder zu Hause!«

Luise wusste, warum sie sich so freute. Charlotte mit ihren fünfzehn Jahren litt besonders darunter, im Stift von allen lieb gewordenen Leuten und Orten in Schloss und Dorf getrennt zu sein. Nun stand sie auf dem von der Nachmittagssonne erwärmten Karree und breitete die Arme aus, als könne sie die ganze Welt umarmen. »Wie schön!«

»Komm ins Haus«, rief Luise, »wir werden erwartet.«

»Sind die Männer nicht alle zur Jagd?«

»Schau mal, Amalie steht in der Tür und winkt.«

»Warum kommt mich nicht mein Filou begrüßen?«

»Er ist bestimmt mit zur Jagd, als guter Sauhund. Komm!«

Sie liefen über die Brücke auf das Portal zu, um ihre Schwägerin herzlich zu umarmen.

»Herein mit euch! Ihr seid sicher halb erfroren. Ich lasse euch gleich einen Kaffee bringen.« Sie setzten sich ins Turmzimmer, das den Ausblick auf den Hof freigab. Alsbald servierte eine Jungfer das dampfende Getränk, natürlich Zichorienkaffee – überseeische Kaffeebohnen waren selbst im Schlosshaushalt ebenso undenkbar wie Kakao oder Zucker. Wenigstens gab es Micken mit Butter dazu. »Greift zu! Was gibt es Neues?«

Während Charlotte es sich schmecken ließ, begann Luise lebhaft zu erzählen, was sich in letzter Zeit im Stift getan hatte, und hob hervor, dass zu den zweiundzwanzig Stiftsfräulein neuerdings auch die Gräfin von Merveld zähle, katholisch zwar, dennoch eine ihr sehr liebe Person. Der Rentmeister steckte den Kopf zur Tür herein: Der Saal sei hergerichtet, ob er schon den Kamin anheizen solle.

Die Schlossherrin nickte. »Und gib dem Bierschlüter Bescheid.«

Jetzt hörte man Hundegebell. Charlotte sprang auf und lief zum Fenster. »Sie kommen!«

Die Meuten der Jagdhunde wurden an langen Riemen zu den Zwingern geführt. Es folgte der Tross der Pikeniere und danach, von zwei starken Pferden gezogen, der Triumphwagen, an dessen Seiten in Girlanden die erlegten Fasanen, Rebhühner und Hasen hingen. Obenauf lag, wie auf einem Katafalk, die Hauptbeute, ein gewaltiger Keiler. Am Ende des Zuges kamen die Jäger auf den Hof geritten, saßen ab und überließen den Knechten die Pferde, um sich in den Saal zu begeben, wo die ersehnte Bewirtung folgen würde.

Bald erklang vielstimmig das erste Lied: *Frisch auf zum fröhlichen Jagen, frisch auf ins freie Feld ...* Charlotte trippelte von einem Fuß auf den anderen, sie wäre am liebsten in den Festsaal gestürzt – als Dame hatte sie zu warten, bis sie gerufen wurde.

Im Klosterkotten hob Anna derweil einen Kessel vom Herdfeuer und schüttete heißes Wasser in einen Waschzuber, damit die Heimkehrer Gesicht und Arme ordentlich vom Dreck befreien konnten. Vor allem ihr Schuhwerk hatte bei dem ungestümen Vordringen durch Buschwerk und Unterholz gelitten. Immerhin hatte es, wie Jakob freudig berichtete, für jeden von ihnen als Proviant einen halben Stuten mit Butter gegeben, eine Leckerei, wie sie sie lange nicht gekostet hatten. Anna war froh, dass die Pfannengrütze, die sie zu bieten hatte, ebenfalls Zustimmung fand.

Nach dem Essen hockte sich die ganze Familie vor das Feuer und tauschte sich über das Jagdgeschehen aus. Dabei nahm sich Anna das Spinnrad vor, zu viel Schafwolle wartete darauf, gesponnen und zu warmen Wintersocken verarbeitet zu werden. Der olle Klosterkötter wollte wissen, ob der hohe Herr mit von der Partie gewesen wäre, er maß seine Gesundheit gern an der des fast gleichaltrigen Plettenberg. Zu Pferde nicht, erfuhr er, aber im Wagen sei er bis an die Netze gefahren gekommen, um Sauen mit abzustechen. Jakob schwärmte davon, wie der riesige Keiler von den Hunden angegangen und vom Herrn von der Recke, dem aus Uentrop, mit der Pike erledigt worden wäre, so forsch, wie er es einem Edelmann gar nicht zugetraut hätte.

Dafür fing er sich vom Großvater ein mahnendes »Pass op, wat de seggst!« ein. Auch Anna fuhr ihm über den Kopf. »Denk daran, dass morgen Sonntag ist.« Wie sollte er in der Kirche den hohen Herren begegnen, wenn er sie heute so schmähte!

Sie seufzte tief auf. Der Gottesdienst war ihr eine Last, seit Hochwürden Carp letztens über Jesu Botschaft *Lasset die Kindlein zu mir kommen und wehret ihnen nicht* gepredigt hatte. Ihr lag die Befürchtung wie ein Alb auf der Seele, er werde noch einmal auf den Verdacht anspielen, der ihr anhing, sie habe voriges Jahr ein Kind geboren und eigenhändig erstickt. Nur weil man den Leichnam nicht finden, ihr die heimliche Entbindung nicht nachweisen konnte, war sie ungestraft davon gekommen.

Oh Gott, was sollte nur werden? Sie hob den Kopf vom Spinnrocken und suchte Wienholds Augen. Er hielt ihrem Blick stand und nickte ihr bedeutungsvoll zu. Sie wusste, was das hieß, zumal er jetzt laut in die Runde rief: »Feierabend!«

Charlotte hatte es unterdessen nicht mehr bei den Frauen gehalten. Sie war auf ihr Zimmer geeilt und hatte ihre Festrobe angelegt, ein Kleid mit tief eingelegten Falten vorn und hinten, weit offen, so dass die Schnürbrust sichtbar war. Auch die Herren hatten sich längst ihrer Stiefel und Jagdröcke entledigt, so dass dem festlichen Auftritt nichts mehr im Weg stand. Mit gebührendem Zeremoniell führte der alte Plettenberg die beiden Fräulein in die Männerrunde ein.

Luise hatte darauf verzichtet, ihre Tracht zu wechseln, sie trug ihr langes schwarzes Kleid mit weißer Spitzenschürze und Häubchen in Würde, jeder sollte sehen, dass ihr nicht daran gelegen war, Eindruck zu machen. Charlotte dagegen zog aller Augen auf sich und genoss es, mit ihrem ausgestellten Rock über das Parkett zu rauschen. Wie geplant sorgte der alte Freiherr dafür, dass sie neben dem Jungen von der Recke zu sitzen kam. Dieser suchte sie sogleich höflich in ein Gespräch über das Leben im Damenstift zu verwickeln.

Genau das Thema, das Charlotte gern vermieden hätte. »Ach, wissen Sie, das Leben dort ist alles andere als verlockend. Man kann zwar jederzeit seiner Wege gehen, aber wohin? Ringsum gibt es nur Wiesen und Wälder, in denen man sich nasse Füße holt.«

»Ist es hier denn anders?«

»Ganz entschieden, hier kenne ich Wege und Stege, Land und Leute, habe alle Freiheiten und bin umgeben von lieb gewordenen Menschen. Und Tieren«, fügte sie hinzu, Filou vor Augen, der ihr vorhin draußen stürmisch entgegengesprungen war.

Es sei nur eine Frage der Zeit, meinte von der Recke abwägend, bis dieser Zustand genauso in Fröndenberg erreicht sei.

Was für ein schwacher Trost! Charlotte wollte erneut widersprechen, als ihre Aufmerksamkeit durch einen heftigen Disput gefesselt wurde, in den der Uentroper von der Recke mit dem Pfarrer geraten war. Es ging, so registrierte sie mit gespitzten Ohren, um die im letzten Mai zu beobachtende Sonnenfinsternis und die Frage, ob darin ein, wie der Pfarrer meinte, von Gott geschicktes oder, so der junge Freiherr, natürliches Ereignis zu sehen sei. Was Gott damit habe bezwecken wollen, fragte von der Recke. Es sei eine Mahnung, ereiferte sich Carp, den göttlichen Geboten zu folgen. An wen die Mahnung gerichtet sei? An alle, die in Wort oder Tat schwere Schuld auf sich lüden, Gottesleugner, Ehebrecher, Kindsmörder …

Charlotte hätte sich am liebsten beteiligt, natürlich auf Seiten von der Reckes, der ihr bislang zwar unbekannt, doch in seiner hitzigen Art zu diskutieren, höchst sympathisch war. Der Zufall wollte es, dass ihr Tischnachbar vom alten Plettenberg angesprochen wurde, sodass er sich, um nicht über die Tafel hinwegsprechen zu müssen, zu ihm begab. Offenbar in der Absicht, sich dem Streitgespräch zu entziehen, stand Johann von der Recke auf und näherte sich ihr mit der Frage, ob sie einverstanden sei, dass er an ihrer Seite Platz nähme. Sie nickte errötend. Sie sei sicher froh, eröffnete er das Gespräch, für heute dem öden Leben im Stift entronnen zu sein.

»Sie sagen es«, pflichtete sie ihm von Herzen bei. »Man sitzt die beste Zeit seines Lebens an diesem unbedeutenden Ort, dem ständigen Hader der Fräulein ausgesetzt, hockt in seiner Klause und zehrt von der Erinnerung an die wenigen Tage außerhalb.«

Sein einfühlsam zustimmendes Lachen tat ihr gut und sie zeigte ihm offen ihr Wohlgefallen. Das blieb nicht unbemerkt, und bald tauchte die von Plettenberg entsandte Luise neben ihr auf, um sie darauf hinzuweisen, dass der Rest des Abends den Männern allein vorbehalten sei, damit sie ungezwungen ihr Jägerlatein spinnen konnten. Notgedrungen erhob sich von der Recke und verabschiedete sich auf das Höflichste von den Damen, die von der ganzen großen Runde hinausgewinkt wurden.

*

Monate waren ins Land gegangen und die kalten Wintertage glücklich überstanden. Die erste Märzsonne lockte die Menschen ins Freie, und so konnte nicht länger unverborgen bleiben, dass sich Anna nicht mehr in der Öffentlichkeit zeigte. Trine Biermann, die besorgt am Kottentor angeklopft hatte, war von Wienhold abgefertigt worden, sie möge sich nicht weiter bekümmern, Anna habe eine langwierige Erkältung auszukurieren, komme aber im Hause zurecht. Als sie sich selbst im Gottesdienst nicht mehr zeigte, war das für den Pfarrer Anlass genug, sich an den Gerichtsherrn zu wenden.

Er wurde vom alten Plettenberg recht ungnädig empfangen, denn seit seine Absicht bekannt war, das Kirchspiel zu verlassen, hatte der Patron seine Nähe gemieden und lag, weil er nicht einsah, dass ihm jemand in die Auswahl des Nachfolgers hineinreden sollte, wieder mit der Gemeinde über kreuz. Aber der Hauptgrund seiner düsteren Stimmung war ein anderer. Ihm war zu Ohren gekommen, seine Jüngste sei in Fröndenberg keineswegs so gut aufgehoben wie gedacht, sondern tausche heimlich Briefchen mit einem Mannsbild aus. Das Gerede war um so ärgerlicher, als es sich dabei um einen Freier handelte, der mehr als doppelt so alt wie sie war: Johann von der Recke. Gut, darüber war hinwegzusehen, hatte Plettenberg doch selbst seinerzeit mit mehr als vierzig Jahren eine Frau im zartesten Alter geheiratet. Nein, das Allerschlimmste war, dass der Mensch katholischer Konfession war.

Was ihm Gottfried Carp nun anzuzeigen hatte, musste den alten Freiherrn wohl oder übel zum Handeln veranlassen. Die Anna sei hoch in Umständen, trug der Pfarrer vor, und die Zustände im Klosterkotten seien nicht dazu angetan, in der Gemeinde die notwendige Gottesfurcht zu befestigen. An der Miene Plettenbergs war abzulesen, was er dachte: Hauptsache, den Leuten gebricht es nicht an Ehrfurcht vor dem Patron!

»Und was«, knarzte er, »soll ich Ihrer Meinung nach tun? Jetzt, nachdem das Kind sozusagen in den Brunnen gefallen ist?«

»Gott behüte!«, schreckte Carp auf. »Man muss ihr eine strenge Warnung zukommen lassen.«

»Dafür sind Sie zuständig.« Sprach's und erklärte den Empfang für beendet.

Es kam noch weitaus schlimmer. Wenige Tage nach dem Gespräch erreichte das Schloss die Nachricht aus Fröndenberg, die junge Kanonisse von Plettenberg sei abgängig, man habe den Polizeiinspektor in Unna benachrichtigt, der in Erfahrung gebracht habe, das Fräulein sei in Obhut des Freiherrn Johann von der Recke ins kurkölnische Westfalen entflohen, nach Werl, um sich dort katholisch trauen zu lassen. Höchstwahrscheinlich sei der Akt inzwischen unwiderruflich vollzogen.

Der alte Plettenberg schäumte. Nicht nur, dass sich seine Tochter dem väterlichen Willen widersetzt und eigenmächtig gehandelt hatte; nicht nur dass sie gegen die Kirchenordnung verstoßen und einen Katholischen geehelicht hatte, zu allem Übel war auch noch die für den Aufenthalt im Stift gezahlte Pfründe verloren. Auf der Stelle setzte er sich hin und änderte sein Testament, indem er Charlotte ihren Erbanteil entzog, zutiefst getroffen, dass der von der Recke seine jüngste ungeratene Tochter dazu gebracht habe, lästerlich zu sündigen. Kaum hatte er dieses Unglück verkraftet, traf eine weitere Schreckensbotschaft ein.

Eines Abends Ende März, soeben übergoss die untergehende Sonne den Himmel mit ihrem roten Feuer, klopfte Gerichtsschreiber Ebel an die Tür. »Euer Hochwohlgeboren gestatten, dass ich in einer dringenden Angelegenheit vorspreche?«

»Wenn Sie kommen, heißt das nichts Gutes. Ich soll meines Amtes als Gerichtsherr walten?«

»In der Tat. Ich muss Ihnen die traurige Mitteilung machen, dass die bereits übel beleumdete Jungfer Anna Klosterkötter sich erneut versündigt hat.«

»Der Herr sei mir gnädig.«

»Und ihrer armen Seele. Amen. Sie hat in aller Heimlichkeit im Kuhstall ein Kind zur Welt gebracht und es sogleich erstickt. Den Leichnam soll sie in den Fluss geworfen haben. Jan Klosterkötter hat mir den Vorfall angezeigt, er steht als Zeuge bereit.«

»Oh Gott! Das heißt, das Blutgericht muss tagen? Dann aber zügig, für den Mai habe ich zur Rehbockjagd geladen, bis dahin muss die Sache erledigt sein!«

Es war ein trauriger Zug, der von der Kirche die Straße gen Werve zog, wo in der Heide die Richtstätte lag. Unter einer frisch ergrünten Buche war das Podest errichtet, auf dem Anna Klosterkötter mit dem Schwert hingerichtet werden sollte. Voran schritt ein Trommler, der weithin kündete, dass das Ritual der gerechten Vergeltung vollzogen werde. Ihm folgten, in Vertretung des hohen Gerichtsherrn, der sich an diesem Tag unpässlich fühlte, sein Sohn Ferdinand und Pfarrer Carp. Hinter ihnen führten der eigens aus Unna bestellte Henker und sein Gehilfe die Frevlerin, der die Hände auf den Rücken gebunden waren. Daran schlossen sich in langer Reihe die Schaulustigen an, überwiegend Männer, unter ihnen widerstrebend Wienhold und seine Söhne, nur den Jüngsten und den alten Vater hatte man beurlaubt.

Anna ging gesenkten Hauptes. Sie hatte sich sehr verändert. Nicht nur, dass ihr das lange braune Haar abgeschnitten war. Sie ging gebückt, in den Wochen der Kerkerhaft abgemagert und verwahrlost. Dass sie ihre Schuld offen eingestanden und Reue gezeigt hatte, bewahrte sie vor Folter und einer barbarischeren Strafe, wie sie vormals zur Abschreckung gang und gäbe gewesen war. Am Blutgerüst angekommen, zerrte der Henker die arme Sünderin, der die Beine den Dienst zu versagen drohten, die Treppe hoch und hieß sie niederknien. Der Pfarrer trat neben sie und begann, laut das Vaterunser zu beten, in das die rundum Versammelten einstimmten. Auch Anna bewegte ihre Lippen.

Jetzt legte der Henker den Mantel ab, sodass sein darunter verborgenes Schwert allen sichtbar wurde. Er glitt mit dem Daumen vorsichtig über die Schneide und nickte dem Gehilfen zu. Der ergriff mit gestrecktem Arm Annas Haar und zog ihren Kopf hoch. Sie hatte die Augen geschlossen und gab keinen Laut von sich, während Wienhold kurz aufheulte wie ein getretener Hund. Dann hörte man das Schwert sausen. Der Henker hob den Kopf aus dem Sand und zeigte ihm dem Gerichtsherrn. Ferdinand, der sich abgewandt hatte, nickte, das hieß, er sprach den Henker von aller Blutschuld frei, er hatte sein Werk in höchstrichterlichem Auftrag getan. Alsdann wurde der Leichnam in die neben der Richtstätte ausgehobene Grube gesenkt, an der Pfarrer Carp in einem kurzen Gebet Annas Seele dem Himmel empfahl. Während sich die Menge zerstreute, wurde der Henker vom Gerichtsschreiber entlohnt.

Auf dem Heimweg sprach Ferdinand den Pfarrer an. Ob er denke, dass nun der Gerechtigkeit Genüge getan sei. Er zögerte mit der Antwort, die noch nie erlebte Szene hatte ihn verstört. Mit Moses müsse man sagen, begann er stockend, wer Menschenblut vergieße, dessen Blut solle durch Menschen vergossen werden. Doch er wolle es mehr mit Jesus halten, der gelehrt habe: *Wer von euch ohne Sünde ist, werfe den ersten Stein auf sie!* Ferdinand nickte. Gnade vor Recht, das sei ein guter Grundsatz, den er sich zu Herzen gehen lassen wolle. Was er nicht sagte, war, dass er dabei auch an seine enterbte Schwester Charlotte dachte.

Rangos Rückkehr

Wenn du am westlichen Ufer des Kamener Körnebachs stehst, kurz bevor er in die Seseke mündet, mag es dich reizen, hinabzusteigen, um eine Handvoll Wasser zu schöpfen. Genauso hat es der junge Ule getan, damals, als die germanischen Brukterer dort siedelten. Es war in dem Jahr, als der christliche Kaiser Constans in Rom an die Macht kam. Ule wusste davon nichts, seine Welt reichte nur von der Lippe bis zur Ruhr. Aber dass weit im Westen, jenseits des gewaltigen Stroms, das mächtige römische Reich begann, das war ihm wie allen in der Siedlung geläufig, denn es bestimmte ihr tägliches Leben hier, bis hin zu den Münzen, die bald auftauchten, mit dem Bild des neuen Kaisers.

Früher Morgen. Ule streckte sich unter der warmen Felldecke. Leises Brummen der Kühe, sanftes Schnauben der Pferde drang herüber. Er sog den Geruch der Tiere ein, ihre Wärme, die in der Luft hing. Die Mädchen und Frauen schliefen wohl noch, nichts rührte sich auf der Bank. Er blinzelte hin zu den leeren Schlafplätzen der Männer. Vor drei Monden waren sie losgeritten, gen Sonnenuntergang bis zum Rhein, um dort am reichen Handelsplatz Gelduba Waren einzutauschen – oder auf andere Weise Beute zu machen. Wie sehnte er sich danach, in die Reihen der Krieger aufgenommen zu werden wie sein älterer Bruder Reto. Frame, Schwert und Schild tragen und endlich mit auf große Fahrt gehen dürfen!

Da fuhr ein Lichtstrahl durch das Flechtwerk der Wand, ihm genau in die Augen. Odin schickt die Sonne aus, freute er sich, dabei ist schon Nebelung, die graue Zeit vor dem ersten Schneefall. Er setzte sich auf und rieb sich die Augen blank. Schwacher Rauch zog zum Firstbalken hoch, gut, dass das Herdfeuer noch glomm. Er warf die Felldecke ab und griff nach dem Wollkittel, den er über den Kopf streifte. Barfuss tappte er zur Tür und stieß sie auf. Ein kalter Hauch schlug ihm entgegen, auf dem Gras lag Reif, über dem Bach hing Nebel. Doch jenseits stand die Sonne schon zwei Handbreit über dem Waldrand.

Ule stellte sich an die alte Weide und freute sich, wie sein Harnstrahl im Licht funkelte. Dann stieg er die lehmige Uferböschung hinab und warf sich hastig einige Hände Wasser ins Gesicht. Ihn fröstelte, und ihm wurde klar, dass die harten Monate bevorstanden, wenn die Erde keine Frucht trug und alle Vorräte aus dem Speicherhaus nach und nach aufgezehrt würden, bis die letzten Körner unterm Mahlstein lagen und sich Hunger in den Eingeweiden festfraß.

»Ule!«, ertönte es plötzlich hinter ihm. Er fuhr herum und sah Tanka vor dem Langhaus stehen. Er hatte es gern, dass sie ihn so nannte, denn die Erwachsenen riefen ihn Udalrich, wohl weil sein Name ihnen Vermehrung des Besitzstandes verhieß. Was kümmerte ihn der Wohlstand der Siedlung!

Tanka kam angerannt, dass ihr kurzer Wollrock um die hellen Beine flog. Er mochte sie, nicht nur wegen der festen Beine, vor allem weil sie war, wie sie hieß, ein Mädchen mit klugen Gedanken, das nicht immer nur schwatzend mit den Frauen am Webstuhl saß. Niemand sonst stellte Fragen wie sie: Wohin die Vorfahren entschwänden, wenn sie auf dem Scheiterhaufen verbrannt würden? Wenn dann Großmutter Kunna murmelte: In das Reich Hel, fragte sie weiter: Und wo ist das?

Als sie an der Böschung stand, spritzte Ule kaltes Wasser zu ihr hoch, sodass sie erschreckt aufquietschte.

»Wie ein Schwein beim Schlachten«, rief er lachend.

»Warte, du Held«, gickste sie, »das kriegst du zurück.« Mit einem Satz landete sie neben ihm und warf ihm einen ganzen Schwall über den Strubbelkopf. Ehe er sie packen konnte, bettelte sie »Frieden!« und streckte ihm die Hand hin.

»Dafür habe ich mir einen leckeren Morgenbrei verdient«, forderte er.

»Versprochen«, willigte sie ein, »mit Honig und Äpfeln.«

Sie kletterten hoch und trabten zum Haus zurück. Während er die Mühle mit den schweren Mahlsteinen bereit machte, lief sie zum Speicher hinüber, um eine Schale Korn zu holen. Drinnen wurde es laut. Die Kinder begannen zu quengeln und das Vieh wurde unruhig. Ule rief: »Soll ich Heu aufschütten?«

Linda, seine ältere Schwester, schaute heraus. »Das mache ich schon.«

Jetzt trat die alte Kunna vor die Tür, reckte sich und rieb sich die knochigen Hände. »Meine Knöchelchen knacken«, grummelte sie, »mir scheint, als ob es was zu feiern gibt. Zeit, ein Flussopfer vorzubereiten.«

Ule hörte es gern. Hieß das nicht, die Krieger kämen heim?

Nach der Arbeit an der Mühle eilte er vergnügt ins Haus zurück, vorbei an den malmenden Rindern. Der Geruch des Holzfeuers mischte sich mit dem Duft warmer Milch. Schnell rollte er die Felldecke zusammen, streifte sich die Lederschuhe über die Füße und band die Riemen fest. Er legte den Gürtel um und steckte das Messer hinein, vielleicht könnte er sich die Zeit im Wald mit Schnitzen vertreiben, wenn er die Schweine zu bewachen hätte, die sich an den Eicheln fett fressen sollten. Er strich kurz seinem Braunen über die Blesse und setzte sich ans Feuer, um Tanka beim Breikochen zuzusehen. Sie trug nun ein langes Leinengewand, an dem vorn eine glitzernde Fibel prangte.

Nach und nach war die ganze Sippe beisammen und alle ließen sich den gesüßten Brei schmecken. Ules Mutter Almut, die Kunnas Ahnung mitbekommen hatte, vergewisserte sich: »Du meinst, heute kommen die Männer zurück? Sollten wir da nicht die Tiere im Stall lassen und uns vorbereiten, sie festlich zu empfangen?«

Die Großmutter hob den von weißen Haaren umrahmten Kopf. »Dann wollen wir das Orakel befragen.«

»Ist das nicht Männersache?«, gab Almut zu bedenken.

Die Alte knurrte: »Einst hat Veleda unserem Volk den Weg gewiesen, war das keine Frau?« Sie zog die Bronzestäbchen unter ihrem Kittel hervor.

Tanka bat rasch: »Lass Ule ziehen.« Als er zögerte, ermunterte sie ihn: »Trau dich, dein Vater hat die Krieger noch immer glücklich heimgeführt.«

Da griff er zu und zeigte den Stab, sodass man die Kopfseite sehen konnte: das Sonnenrad! Alle jubelten. Auch Ule hielt es nicht auf dem Sitz. »Ich reite ihnen entgegen!«

Er rannte zu seinem Schlafplatz, um sich den Mantel umzuwerfen. Schon war er beim Pferd und zog es am Halfter aus dem Haus, umringt von den Kindern. Tanka stürzte heran und hielt ihm ihre Fibel hin, damit er seinen Mantel schließen konnte. Er schwang sich hoch, hörte sie noch rufen: »Pass auf dich auf!« und jagte, ohne sich umzusehen, los, dem Körnebach folgend, der ihn in südwestliche Richtung führte. Bald zügelte er den Braunen, der Weg konnte noch weit sein. Gut, dass die Sonne höher stieg und die Bodennässe verdampfen ließ. Er mochte zwei Stunden geritten sein, der Bach war nur noch ein Rinnsal, da hörte er von vorne ein Trappeln und Klirren. Sein Herz begann wild zu klopfen. Das konnten nur die Männer sein, fremde Krieger in dieser Gegend waren nicht zu erwarten.

Hinter der nächsten Biegung sah er sie, der vorne musste sein Vater sein. »Heia!«, drückte er dem jungen Hengst die Fersen in die Flanken. Der erste Reiter senkte die Frame – der da wild auf sie zugestürmt kam, war das einer der Ihren? Da erkannte Rango seinen Sohn, rief »Udalrich!« und schwang sich vom Pferd. Ule riss den Braunen vor ihm hoch, sprang herunter und fiel dem Vater in die Arme. Alle Krieger senkten zum Gruß die Lanzen.

»Ihr werdet schon erwartet«, meldete Ule, »alles ist zum Fest vorbereitet.« Die Krieger stießen ein heiseres Freudengebrüll aus.

»Die Reise hat sich gelohnt«, strahlte Rango, öffnete die prallen Packtaschen des Saumpferdes und zeigte Tiegel, Ringe und Ketten. »Reines Silber, der Schmied wird sich freuen, wenn er endlich wieder Fibeln schmieden kann.« Ule nickte heiter. Dann blickte er sich um. Wo war sein Bruder? »Du suchst Reto?«, lachte Rango. »Der ist auf und davon mit den Legionären, ein Werber hat ihn zu fassen bekommen.«

Ule sah ihn erstaunt an: »Das hast du erlaubt? Hoffentlich gewinnt er dabei mehr als nur ein paar Silbermünzen.«

Rango schwieg, saß auf und preschte los. Ule folgte, den Blick fest auf seinen Rücken gerichtet. Ja, er wollte werden wie sein Vater, ein berühmter Krieger. Zugleich musste er an Tanka denken, die ihm mit einem ihrer Sinnsprüche kommen würde: Wer dem Ruhm entsagt, lebt länger. Vielleicht war ihm doch ein anderer Weg bestimmt?

Rotes Tuch

Warum ich, ausgerechnet ich als Lehrer, eine rote Fahne auf dem Mai-Umzug trüge, wollte der Invalide wissen, neben dem ich nach der Kundgebung am Bierstand Platz fand. Und sein Kumpel, ebenfalls eine Prinz-Heinrich-Mütze auf dem weißen Scheitel, brummte: »Wenn du unbedingt rot sehen willst, geh nach *drüben*, da siehst du die Häuser nicht vor roten Fahnen.« Statt etwas zu erwidern, bestellte ich eine Lage. Wie sollte ich es ihnen erklären?

In einer Provinzstadt groß geworden, hatte ich Rot nicht kennengelernt; erst in Berlin, meinem Studienort, wehte es mir massenhaft entgegen, wenn ich mich jenseits der Mauer umsah. Ich fühlte mich jedes Mal wie im Ausland, noch wagte kaum jemand, DDR auch nur in Gänsefüßchen zu schreiben. Die beiden Alten, denen ich nun das Bier zuschob, würden, wüssten sie, woher die Fahne war, nur stärker lästern – denn sie stammte von *drüben*, aus dem Kaufhaus am Alex, erworben damals, als Benno Ohnesorg zu Grabe getragen wurde, und seither mit mir mitgezogen wie meine Bücher. Erklär das einem, sagte ich mir, der sein Leben lang vor Kohle malocht und die Faust nicht auf Demonstrationen, sondern um den Hammer geballt hat.

»Was weißt du von roten Fahnen?!« Der Invalide, ich nenne ihn Franz, wischte sich mit seinem dick geäderten Handrücken den Bierschaum vom Mund. »Die haben wir öfter aufgezogen und verteidigt, als du eine in der Hand gehalten hast. Monatelang hat sie auf dem Rathaus geweht. Geh ins Stadtarchiv, da findest du es schwarz auf weiß.« Ich wurde hellhörig.

»Was meinst du wohl, Herr Lehrer, welche Fahne da hing im November '18! Deinesgleichen machte lange Gesichter, und von der Regierung in Arnsberg kam der Spruch: *Dass der Kaiser dem Thron entsagt hat, ist kein Grund, die Kaiserbilder aus den Schulen zu entfernen.* Aber wenn der neue Präsident auch König hieß, er konnte nichts daran ändern, dass bei uns hier auf dem Rathaus Rot wehte.« Franz leerte sein Glas mit einem Zug.

»Sicher nicht lange«, wagte ich einzuwerfen.

Er haute auf die Theke, dass das leere Bierglas hochsprang. »Das blieb so, selbst als die Schwarz-Weiß-Roten wieder frecher wurden.« Er winkte der Bedienung und hob die Mütze, um sich über das dichte grauweiße Haar zu streichen. »Im April '19, ich war zur Arbeiterwehr abkommandiert und hatte Wache im Rathaus, kam so eine Rotte Gardeschützen reingestürmt, voran ein kleiner Leutnant, der raste die Treppe hoch zum Dachboden, kam, ehe wir es uns versahen, mit der Fahne runtergepoltert und lief damit raus auf den Marktplatz. Wir hinterher, und was draußen abging, kannst du dir vorstellen, der musste ganz schnell kleine Brötchen backen, und da wehte sie wieder oben.«

»Aber danach«, wandte ich ein, »war endgültig Schwarz-Rot-Gold angesagt.«

Franz legte mir seine breite Hand auf den Unterarm. »Denkste, Herr Lehrer, die wehte auch noch, als der

Berliner Putsch die Arbeitermacht auf eine harte Probe stellte. Kennst du die Geschichte, als wir an der Bahnschranke im März '20 die Reichswehr niedergeworfen haben? Zweihundert Mann und zwölf Offiziere mussten ihre Waffen abliefern. Stell dir vor, unser Städtchen auf einmal Hauptquartier der Roten Armee! Da war was los: Rote Armbinden, rote Schleifen, Autos mit roten Flaggen, Radfahrer mit roten Wimpeln, alles rot.«

Aufgeregt zupfte er an seiner Mainelke im Knopfloch, von der das blauweiße Fähnchen mit den Initialen DGB abstach.

»Danach«, gab ich zu bedenken, »hat sich das Blatt aber gewendet, die Freikorps sind einmarschiert, die Bürger haben Hitler zugejubelt und das Hakenkreuz wehte über der Stadt.«

»Mensch, Lehrer!« Franz fuhr sich mit dem breiten Daumen über die Lippen. »Du brauchst noch mehr Nachhilfe.« Neugierig bestellte ich eine neue Runde.

»So einfach ging das nicht. Ich war dabei, am 1. Februar '33 auf dem Marktplatz. Einer von der SA war auf das Rathausdach geklettert, um die Hakenkreuzfahne zu hissen. Wir unten riefen: Runter mit dem Fetzen! Und: Hitler verrecke! Da ging es richtig los, *schwerer Zusammenstoß*, hieß es in den Polizeiakten, kannst du alles im Stadtarchiv nachlesen.« Franz winkte dem Mädchen am Zapfhahn. »Das kannst du mir glauben, Lehrer, hier hatten die Nazis noch lange nicht das Sagen.«

»Erzähl ihm, wie es am Ersten Mai war«, forderte ihn der andere auf, während er das dritte Glas entgegennahm.

Franz trank das Glas halb leer und seufzte zufrieden. »Du weißt, Lehrer, wie die Nazis unseren Ersten Mai zu ihrem Tag der Arbeit machten, alle mussten mitmarschieren, und es wäre für die Braunhemden ein Festtag geworden, wenn da nicht die rote Fahne gewesen wäre.«

»Am Ersten Mai '33?«, vergewisserte ich mich ungläubig.

»Genau, auf einem der Zechenhäuser am Bahnhof. Das war eine Aufregung! Natürlich hetzte sofort ein Trupp Brauner los, um die Fahne vom Dach zu holen, doch die Haustür war fest verrammelt, weil die Kumpels Tische dagegengestemmt hatten. Dem Jungen, der durchs Kellerfenster schlüpfte, konnten sie es nicht nachtun, und dem SA-Mann, der nach ihm trat, blieb der Stiefel zwischen den Gitterstäben stecken, dass sich die Frauen im Treppenhaus vor Lachen krümmten. Eimerweise schütteten sie heißes Wasser herunter, dass sich der Trupp fluchend zurückzog. Da blieb sie, die rote Fahne, den ganzen Ersten Mai. Erst am nächsten Mittag wurde sie freiwillig eingezogen, weil die Zechenleitung denen von dort die Anfahrt sperrte.«

»Das waren Zeiten!«, staunte ich.

»Heute dagegen«, verzog der Zweite das Gesicht, »hängt die rote Fahne in denselben Zechenhäusern überm Sofa – nur mit dem Halbmond drin.«

Ich trank mein Bier aus. »Dann seid doch zufrieden, dass eure Gewerkschaft die Mailosung in Blauweiß präsentiert und das rote Tuch andern überlässt.«

»Mann, Lehrer!« Franz legte mir den Arm versöhnlich um die Schulter. »Das bleibt unser Rot, auch wenn es zwischen Schwarz und Gold steckt.«

2 Fremd zu Hause

Flüchtlingsgespräche

Du sagst du kämest aus Ghana
Wärst geflohen bis hierher
Seiest getrabt durch die Wüste
Bis an das libysche Meer

Habest bezahlt den Schlepper
Der dich schiffte übers Meer
Habest gehofft hier gäb's Manna
Kein Weg war dir zu schwer

Seiest im Sturm fast gekentert
Halbtot gerobbt an den Strand
Mühsam dem Lager entronnen
Per Bahn dann in unser Land

Seiest nun hier und wollest
kein kiffender Traumtänzer sein
Erst recht kein geldgeiler Dealer
sammeltest gerne Flaschen ein

Wenn die vom Amt dich ließen
Nicht fesselten an ein Heim
dich zum Nichtstun verdammten
Machst dir darauf keinen Reim

Die Kölner Kinder. Keine Legende

Das Letzte was die Kinder
ragen sahen war der Dom
drei Tage fuhren sie und Nächte
dann kam ihre Station.

Minsk schrieb wer auf die Karte
die blieb unzustellbar
wie die Koffer die sie ließen
weil im Bus kein Platz war.

Im Wald war eine Haltestelle
wo sie sich auf Geheiß
alle nackt ausziehen mussten
es war an dem Tag nicht heiß.

Da standen sie vor einer Grube
sahen hinab auf das Blut
sahen hinauf in den Himmel
kein Blau macht' ihnen Mut.

Das Letzte was die Kinder
ragen sahen war ein Baum
eine schlanke russische Kiefer
über dem Grubensaum.

Dann fällten sie die Schüsse
wie Bäumchen in die Gruft
niemand war da zu weinen
kein Schrei zerriss die Luft

Barmer Mission

Links und rechts fliegen Häuser vorbei, Schatten, denen ich entwische. Ich drehe das Radio auf, um den Motor zu übertönen, Musik zum Abheben, steil über die Schatten hinweg in den Morgenhimmel, allen Staumeldungen zum Trotz! *I'm walking on sunshine, it's time to feel good ...* Du Glückskind, lache ich in den Spiegel, kaum das Examen in der Tasche, hast du deine feste Stelle. Barmen, verkündet das nächste Abfahrtsschild, rasch in die Kurve, schon kommt der Parkplatz in Sicht.

In Reih' und Glied blitzen die Karossen der künftigen Kollegen, gerade noch Platz für meinen Mini. Ein Blick in den Spiegel, lila Lidschatten, zu krass? An Schneewasserpfützen vorbei auf das Portal des Backsteinbaus zu, im Sturmschritt die Stufen hoch, durch die Tür – und geradewegs der Chefin in die Arme.

»Da sind Sie endlich, kommen Sie, das Kollegium erwartet Sie.«

Eilig stöckelt sie los, ich hefte mich an ihren Rock, treppauf durch einen gelb getünchten Flur, bis sie eine ledergepolsterte Tür aufreißt. Vor mir ein Oval neugieriger Gesichter.

»Darf ich einen Augenblick um Gehör bitten?« Schlagartig verstummt das Getuschel. »Ich möchte Ihnen unsere neue Kollegin vorstellen, sie gibt Religion und Deutsch.« Alle Augen zielen auf mich. »Wie war noch Ihr Name?«

»Agblefi«, helfe ich leise, »Kirsten Agblefi.«

Sie zögert einen Moment. »Ihr Mann ist Türke?«

»Nein«, stutze ich, kennt sie meine Personalakte nicht? »Togolese.«

»Ihr Mann ist … Neger?«

»Afrikaner«, lächle ich.

»Aus Togo! Wie schön, da haben wir etwas gemeinsam.« Ich starre gespannt auf ihr Kinn, auf dem sich im Gegenlicht ein Barthaar abzeichnet. »Mein Urgroßvater war in Togo, im Auftrag der Barmer Mission, Sie wissen Bescheid?«

Ich nicke, ohne eine Ahnung, was sie meint.

»Er hat den Eingeborenen die christliche Botschaft gebracht. Herrlich, nicht?«

Sie zieht mich in den Raum. »Der Mann von Frau Agbelfi …«

»Agblefi«, verbessere ich.

»Agblefi«, wiederholt sie, »ist Afrikaner.« Dröhnende Stille.

Dann eine arglose Stimme: »Wird die Pausenklingel nun durch eine Trommel ersetzt?«

Kicherlaute, die mich wie Hagelkörner treffen.

»Herrschaften!«, tadelt sie sanft in die Runde.

Ich stolpere auf den nächsten Stuhl zu, auf dem nur eine Tasche steht. »Darf ich?«

»Bitte«, murmelt der Nachbar, ohne sich zu rühren.

»Kollege Werthahn!«, mahnt ihn die Chefin und deutet auf die Tasche. Da klingelt es, und alle federn von ihren Plätzen. »Kommen Sie«, fordert sie mich auf, »ich führe Sie in Ihre Klasse. Sie werden eine schöne Überraschung erleben.« Sie prescht los, ich halte kaum Schritt.

»Sie lernen Yasmin kennen, auch eine waschechte Afrikanerin. Etwas ungebärdig«, setzt sie hinzu, »aber das kennen Sie ja.«

»Sicher«, murmele ich, »wie das so ist – in diesem Alter.«

Sie stockt einen Moment, oder bilde ich mir das ein? »Viel Erfolg!« Und eilt davon.

Ich stehe vor der Tür und zögere. Diese Barmer Mission – willst du sie auf dich nehmen? Durch das hohe Flurfenster sehe ich, dass es zu schneien beginnt. Im Nu sind die Felder weiß, nur wenige schwarze Flecken zeigen, wo die Erde wärmer ist. Nein, wende ich mich um, *afí nye métsi o.* Hier bleibe ich nicht.

Blumen im März

»Hat man denn nie seine Ruhe?!« Kock sprang ärgerlich vom Fernsehsessel auf und griff zum Telefonhörer. Als Klassenlehrer einer achten Klasse war er Kummer gewöhnt, aber dass am Freitagabend ausgerechnet zur Nachrichtenzeit noch jemand anrief, war ungewöhnlich.

»Ja, bitte? Wer? Ich versteh Sie nicht. Ach, Herr Turan, der Vater von Cicek? Schön, Sie kennenzulernen. Was gibt es denn so Dringendes? Großes Problem? Was soll das heißen, ist sie krank? Sie hat den Kopf verloren? Herr Turan, sagen Sie klar, was los ist. Nein, Cicek macht nicht blau, niemals. Gut, wenn mir etwas auffällt, rufe ich Sie gerne an. Danke, Ihnen auch. Tschüss.« Ärgerlich legte er auf.

»Was war denn los?«, fragte seine Frau.

»Versteh einer diese türkischen Väter!«, brummte er gereizt. »Bewachen ihre Töchter wie Haremsdamen, wie sollen die Mädchen da einen Jungen kennenlernen?«

»Sollen sie ja nicht«, lächelte sie, »den Mann fürs Leben sucht Papa aus.«

Kock zuckte mit den Achseln und nahm aufseufzend wieder neben ihr Platz.

Samstagabend, fast die ganze türkische Community war zu Merves Hochzeit eingeladen. Die Braut, die Schwester von Ciceks bester Freundin Sibel, war eine stadtbekannte Friseurin. Hunderte von Gästen drängten sich im Festsaal des Bürgerhauses. Nach dem endlosen Taki-Zeremoniell, der Geld- und Geschenkübergabe, wurde endlich der Tanz eröffnet, auf den alle jungen Leute gewartet hatten, und bald brannte die Luft im Saal.

»Tolle Stimmung«, jubelte Sibel, als sich die beiden Freundinnen für einen Moment in die Damentoilette zurückgezogen hatten, um ihr Make-up aufzufrischen. »So möchte ich auch mal heiraten.«

Cicek, völlig außer Atem, stimmte zu: »Traumhaft.« Heftig fuhr sie sich mit dem Lippenstift über den Mund.

»Nicht zu doll«, lachte Sibel. »Das ist gar nicht deine Art. Willst du die Braut ausstechen?«

Cicek warf den Kopf zurück. »Findest du, ich sehe gut aus? Gleich geht's weiter!«

»Du tanzt ja wie verrückt«, wunderte sich Sibel.

»Heute kann ich nicht genug kriegen.«

»Man sieht auch warum!«

»Was sieht man?«

»Zum Beispiel einen Jungen, der kein Auge von dir lässt. Wie heißt er denn, der Schöne?«

»Osman. Wie der große Sultan.«

»Ihr solltet vorsichtiger sein, die Familie schaut zu.«

»Familie, Familie!«, brauste Cicek auf. »Ich weiß selbst, was ich zu tun und zu lassen habe.«

Von draußen drang eine ungeduldige Männerstimme herein. »Cicek! Bist du fertig? Komm!«

Sibel verzog spöttisch das Gesicht. »Oh, fängt er schon an dich zu kommandieren?«

»Lass ihn doch«, strahlte Cicek, »der weiß, was er will.«

»Ganz der große Sultan.«

»He, Sibel, bist du meine Freundin oder Aufpasserin?«

Herbert Kock kam am Montagmorgen schon schlecht gelaunt in die Schule. Er hatte am Vorabend noch zu später Stunde, nach dem *Tatort*, Aufsätze seiner 8. Klasse nachgesehen, die nicht zu seiner Zufriedenheit ausgefallen waren. Jetzt, in der ersten großen Pause, hatte er Hofaufsicht. Als er sich seinen Weg durch die hinausflutenden Schülergruppen gebahnt hatte, sah er Cicek mit Sibel zusammenstehen. Nanu, stutzte er, irgend etwas an ihr hat sich verändert. Sie kam ihm auf einmal so damenhaft vor. An der Kleidung konnte es nicht liegen, Jeans und T-Shirt trugen die anderen auch. Es war das Gesicht, hochgesteckte Haare, grell geschminkte Lippen, Lidschatten – das war neu!

Da erinnerte er sich an den Anruf von Freitagabend. »Cicek«, rief er ihr zu. Aber statt zu reagieren, machte sie, dass sie in der Masse der Umherflitzenden verschwand. Also wandte er sich an Sibel. »Sag mal, was ist mit Cicek los?«

»Was soll sein?«

»Sie kommt mir so verändert vor.«

»Warum?«

»Sie schminkt sich.«

Sibel zuckte mit den Schultern. »Es ist März, die Draußen-Saison beginnt, man muss sich zurecht machen.«

»Was heißt *man*? Bei dir sehe ich das nicht.«

»Manche Blumen blühen schon im März, andere später.«

Kock musste grinsen. »So eine poetische Ausdrucksweise hätte ich dir gar nicht zugetraut.«

»Wir Türken lieben die blumige Sprache.«

»Wie kommst du auf Blumen?«

»Cicek heißt im Türkischen *Blume.*«

»Okay, aber übertreibt sie nicht ein bisschen?«

»Das merkt sie schon selbst.«

Da es zum Pausenende gongte, verabschiedete sich Sibel eilig. Nachdenklich ging Kock zum Lehrerzimmer hinauf. Die Äußerung von Herrn Turan am Telefon, es gebe ein Problem mit Cicek, kam ihm jetzt gar nicht mehr so abwegig vor. Hatte er dem besorgten Vater nicht versprochen, zurückzurufen, wenn ihm etwas auffiele?

Als Sibel am Nachmittag Cicek anrief, blieb ihr Handy stumm. Das war nicht ihre Art. Was war da los? Sie beschloss hinzufahren, mit dem Rad waren es keine fünf Minuten bis zum anderen Ende der Siedlung. Sie drückte lange die Klingel, niemand reagierte. Die Haustür war geöffnet, sie trat ins Treppenhaus und klopfte bei Turans.

»Hallo? Ciccek? Bist du da?«

Da hörte sie es drinnen trappeln, unmittelbar danach schwere Schritte, als ob jemand eine Flüchtende verfolgte. Dann hob ein Geschrei an, das von dem eindeutigen Geräusch von Schlägen durchmischt war. Oh Gott, was war da los? »Baba«, hörte sie jetzt Cicek jammern, »Baba, bitte nicht!«

»Du Hure, du!«, brüllte es drinnen. Das war eindeutig die Stimme ihres Vaters.

»Cicek!«, rief Sibel aus vollem Hals. »Cicek! Ich bin hier!«

»Bitte nicht schlagen«, wimmerte es hinter der Tür, während es gleichzeitig klatschte, als ob ein Ledergurt auf Körperteile traf. Sibel hielt die Türklingel gedrückt, dass es durch das ganze Haus schrillte. In der Wohnung gegenüber wurde die Tür aufgerissen.

»Was ist los?«

»Er schlägt Cicek, man muss ihr helfen!«, schrie Sibel.

Die Frau glotzte sie verständnislos an. »Was gehen dich die Probleme anderer Familien an! Der Mann hat seine Gründe.« Mit einem Knall fiel die Tür ins Schloss.

Trotz des Tumults im Treppenhaus war bei Turans noch keine Ruhe eingekehrt. »Bitte«, hörte Sibel Cicek flehen, »hör auf!«

»Aufhören?«, brüllte es. »Wer hat denn angefangen mit der Hurerei!«

»Baba, wir lieben uns.«

»Du wagst es, von Liebe zu sprechen? Wirfst dich dem Erstbesten an den Hals! Nein, du bist nicht mehr meine Tochter!«

»Anne!«, tönte es jetzt herzzerreißend. »Anne! Sag du doch was.«

Sibel wusste, dass sie hier nicht helfen konnte, und stolperte hinaus und ins Freie. »Wenn der Kerl noch einmal die Hand gegen sie hebt«, schwor sie sich, »zeige ich ihn an!«

Am nächsten Tag ging es wie ein Lauffeuer im achten Jahrgang herum: Cicek hat zu Hause schwer Senge gekriegt, weil sie mit einem Jungen angebändelt hat! Während die einen staunten, dass sich Cicek das traute, zeigten die anderen ihr Unverständnis – es war ein Junge türkischer Herkunft, was hatten die Eltern dagegen einzuwenden? Cicek selbst schwieg. Es sei eine Familienangelegenheit, die niemand etwas angehe. Sie hatte ihr Make-up noch verstärkt, um einigermaßen die blauen Flecken im Gesicht zu übertünchen. Jetzt sehe sie erst recht aus wie eine Schlampe, lästerten einige Jungs. Sie wurden von Sibel energisch in die Schranken gewiesen: »Kein Sterbenswörtchen zu Kock!«

Der erfasste mit dem ersten Blick, was los war. »Du liebe Güte! Wie siehst du denn aus?«

»Zugegeben«, stammelte Cicek, »ein bisschen zuviel Make-up.«

»Das meine ich nicht. Du bist ja ganz verschwollen – was ist passiert?«

»Ich bin hingefallen, im Treppenhaus war frisch gewischt.«

»Das muss aber ein heftiger Sturz gewesen sein.« Manche Jungs stießen sich lachend an. Kock beschloss, den Stier bei den Hörnern zu packen. Er nahm sie beiseite. »Weißt du, dass dein Vater letztens bei mir angerufen hat?«

»Mein Vater? Wieso?«

»Er hat gemeint, ich soll gut auf dich aufpassen.«

»Wieso?«

»Wieso? – Wieso? Hast du sonst nichts zu sagen? Gib zu, es hat Ärger zu Hause gegeben. Jetzt frage *ich* mal: Wieso?«

Da brach es aus Cicek heraus: »Fragen Sie meinen Vater!«

»Komm, Mädchen, rede darüber, das hilft.«

Cicek schnäuzte sich. »Sie haben keine Ahnung, was bei uns zu Hause los ist. Das ist kein Leben, das ist die

Hölle. Aufräumen, Waschen, Bügeln, mit den Kleinen zum Arzt, zur Apotheke, zur Sparkasse, zu den Ämtern, ich bin doch deren Mädchen für alles.«

Betroffen sagte Kock: »Das hast du mir nie erzählt. Darüber müssen wir noch reden. Jetzt ist erst mal Unterricht. Nehmt die Lesebücher raus!«

Nun wusste er, dass sein Rückruf dringend war.

Kaum zu Hause, griff er zum Telefon, entschlossen, Herrn Turan die Meinung zu sagen. Hoffentlich war er zu Hause.

»Evet?«, hörte er seine Stimme in der Leitung.

»Herr Turan? Ein Glück, dass ich Sie erreiche.«

Erschrockene Rückfrage: »Ist was mit Cicek?«

Nein, versicherte Kock, oder besser gesagt: Ja. Sie habe ein ganz verschwollenes Gesicht ... Er habe Spätschicht, unterbrach ihn Ciceks Vater eilig, gleich müsse er weg. Kock beharrte: »Nur eine Frage: Haben Sie Ihre Tochter geschlagen?«

Betretenes Schweigen, dann ein gestottertes »Bitte, Sie müssen nichts Falsches denken.«

»Dann erklären Sie mir, wie es sich richtig verhält.«

Da sprudelte Turan eine Kaskade von Erklärungen heraus. Cicek habe es immer gut bei ihnen gehabt, er habe sie lieb, sie sei seine rechte Hand, er schicke sie mit allem Geld zur Kasse und so, aber nun sei sie auf Abwege geraten. Schließlich der hilflose Aufschrei: »Was hätten Sie denn getan, wenn Ihre Tochter mit vierzehn zur Hure wird?«

Kock verschlug es den Atem. »Wie bitte?«

Sie habe einen Jungen kennengelernt, erfuhr er nun, auf der Hochzeit von Merve, der habe ihr den Kopf verdreht. Das war es also! Gut, das war wirklich ein Problem, in das sich Kock hineindenken konnte. Seine Jüngste ging auch noch zur Schule, und er war froh, dass sie ihm noch keinen Kerl ins Haus geschleppt hatte. Aber wenn Turan seine Tochter *Hure* nannte, war das wörtlich zu nehmen? Mit vierzehn!

»Herr Turan, kann ich mit Ihnen darüber reden? Ich komme gern bei Ihnen vorbei.«

»Wozu reden?«, beendete der Vater das Gespräch. Das sei eine Familienangelegenheit.

»Moment«, begehrte Kock auf, »es geht um Ciceks Schulbesuch!«

Entschuldigung, stotterte Turan, er müsse zur Arbeit.

Mitten in der Nacht wachte Cicek auf. Von Schmerzen und Schuldgefühlen gequält, wälzte sie sich im Bett hin und her. Angestrengt horchte sie nach nebenan, wo sie im Schlafzimmer der Eltern leises Getuschel vernahm. Anne sprach intensiv auf Baba ein, verstehen konnte sie ihre Worte nicht. Langsam dämmerte sie wieder ein. Eine riesengroße Gestalt baute sich vor ihr auf, vor der sie schluchzend niederfiel. »Nicht schlagen, bitte nicht schlagen.«

Dann erhoben sich rundum zischelnde Stimmen: »Schande! Schande! Schande!«

»Osman«, stöhnte sie, »halte mich fest!«

Die Stimmen steigerten sich zu einem infernalischen Sprechchor: »Hure! Hure! Hure!«

»Ich hab ihn so lieb«, flüsterte sie, und das Echo antwortete schallend: »So lieb, so lieb ...«

»Was soll ich tun?«, rief sie in heller Verzweiflung. Und die Stimmen flüsterten: »Es spricht der Prophet:

Wir haben dem Menschen auferlegt, an seinen Eltern gut zu handeln.«

Da fuhr Cicek hoch. »Gütiger Gott«, stammelte sie, »verzeih mir. Ich kann hier nicht bleiben, die Schande wird die Eltern erdrücken. Osman, ich komme!«

Cicek fehlte am nächsten Tag in der Schule und Kock schwante nichts Gutes. Gleich nach dem Unterricht fuhr er zur Wohnung. Erste Etage rechts, Turan stand an der Tür, davor in sauberer Reihe mehrere Paar Kinderschuhe. Er klingelte. Die Tür öffnete sich einen Spalt, ein Junge steckte seinen kurz geschorenen Kopf heraus und glotzte ihn mit erstaunt aufgerissenen Augen an.

»Ist dein Vater zu Hause?«

»Baba! Ögretmen!« Es hörte sich an wie ein Schreckensschrei.

Schon stand er in der Tür. »Herr Kock! Kommen Sie herein.« Das klang anders als gestern. Er wurde ins Wohnzimmer gebeten, wo auf den Sitzpolstern ein großes Durcheinander von Kleidungsstücken und Gegenständen herumlag. Turan sah seinen Blick und beeilte sich, einen Platz frei zu machen. »Entschuldigen Sie. Wir sind alle ein bisschen durcheinander, seit sie weg ist.«

»Wer? Cicek? Was soll das heißen, *seit sie weg ist*«?

»Hat Vater und Mutter verlassen. Ist heute morgen los zur Schule …«

»Nein, in der Schule war sie nicht.«

»Genau! Und Mittag auch nicht zurück Ich gehe sie suchen, da kommt die Freundin Sibel und sagt, Cicek hat angerufen, sie ist in Herringen.«

»Was will sie dort?«

»Da wohnt der Junge. Sie wollen heiraten.«

»Heiraten? Cicek ist vierzehn!«

»Aber schon verlobt.«

»Was? So schnell? Sie muss doch erst die Schule zu Ende machen!«

»Geht nicht.« Auf einmal wurde Turan heftig. »Weil das Ayatollahs sind.«

»Wie meinen Sie das?«

»Ganz Fromme, verstehst du? Die erlauben nichts, nicht mehr raus, keine Schule, Schleier für das ganze Leben!«

Konsterniert stand Kock auf. »Das arme Mädchen. Ich werde mit ihr sprechen.«

»Gehen Sie, es hat keinen Zweck.«

Du liebe Güte! Da hatte sich Cicek ordentlich in die Nesseln gesetzt. Was tun? Konnte man diesem so frommen Bräutigam nicht mit dem Schulpflichtgesetz auf die Pelle rücken? Und mit Cicek musste doch zu reden sein. Sibel war von ihr angerufen worden, also hatte sie ihre Nummer. Kock hängte sich ans Telefon. »Hallo, Sibel?«

»Herr Kock! Ich weiß schon, warum Sie anrufen. Ja, es stimmt, Cicek will heiraten. Die hat's gut, braucht nicht mehr zur Schule!«

»Das sehe ich aber anders.«

»Okay, war ein Scherz.«

»Hast du denn noch mal mit ihr gesprochen?«

»Nur kurz zu Hause gestern. Der Osman war da mit dem Imam, einer mit so einem langen Bart und Turban.«

»Was wollten sie?«

»Alles klar machen für die Hochzeit.«

»Aber Herr Turan war doch dagegen.«

»Die Familie von Osman hat Geld gegeben. Zurück kann sie nicht mehr. Das wäre gegen die Ehre.«

»Heiraten mit vierzehn, wegen der Ehre?«

»Es geht nicht um Cicek, es geht um die Familie. Um Cicek machen Sie sich keine Sorge. Die ist im siebten Himmel.«

»Das würde ich gerne genauer wissen. Hast du die Nummer?«

»Da wollen Sie anrufen? Das hat keinen Zweck.«

»Das wollen wir mal sehen.«

Sibel nannte eine 0157er Handynummer. »Danke, Sibel.« Ohne Verzug tippte er ein.

»Evet? Wer? Was für ein Koch?

»Sind Sie Osman? Ich bin der Lehrer von Cicek. Kann ich sie sprechen?«

»Cicek, ögretmen!«

Kock hörte, wie sie herbeigeeilt kam. »Hallo, Herr Kock! Schön, dass Sie anrufen.«

»Wie geht's dir?

»Gut, ehrlich.«

»Du machst Sachen. Haust einfach ab. Du weißt, du bist noch schulpflichtig.«

»Das regelt Osman schon. Vielleicht geh ich hier in Herringen zur Schule.«

»Das will ich hoffen. Stimmt es wirklich, dass ihr heiratet?«

Sie lachte. »Klar! Es geht nicht anders. Wir haben – Sie wissen schon.«

Kock schüttelte fassungslos den Kopf. »Und wovon wollt ihr leben?«

»Osman verdient gut auf der Zeche. Wir haben schon eine Wohnung in Aussicht. Die sind hier alle so lieb zu mir.«

»Kannst du dich denn so einfach umstellen?«

»Was denken Sie denn? Ich bin total frei, ganz anders als zu Hause.«

»Das musst du mir näher erklären.«

Da meldete sich Osman. »Entschuldigung, Herr Koch, wir müssen Schluss machen. Kommen Sie doch einfach mal vorbei. Herringen, Schachtstraße.«

Jetzt wieder Cicek: »Leicht zu finden, Herr Kock. Davor steht ein schwarzer Golf GTI. Unserer.«

Kock beschloss, auf der Stelle hinzufahren.

Eine Stunde später meldete sein Navi: *Ziel erreicht.* Während er sich suchend umblickte, kam in rasantem Tempo ein Golf angesaust und hielt mit quietschenden Bremsen neben ihm. Fröhlich winkend sprang jemand vom Beifahrersitz. Kock traute seinen Augen nicht. Vor ihm stand eine junge Frau, von Kopf bis Fuß in ein schwarzes Gewand eingehüllt, das Gesicht zur Hälfte mit einem schwarzen Schleier verdeckt.

»Hallo, Herr Kock! So schnell? Das ist ja eine Überraschung.«

Verblüfft suchte er ihre braunen Augen. »Cicek! Ich hätte dich fast nicht wiedererkannt.«

Jetzt stieg auch der Bräutigam aus. »Sie sind der Lehrer? Willkommen! Ja, Cicek hat sich besonnen und den Hidschab genommen.«

Kock sah, dass er eine Halskrawatte trugt. »Sie hatten einen Unfall?«

»Totalschaden«, grinste er und zeigte auf den neuen Wagen. »Dies ist mein zweiter.«

»Da sind Sie aber ein kühner Fahrer.«

»Was kann man machen, wenn es knallt? Hauptsache, wir kommen ins Paradies.«

Cicek warf ein: »Wir sparen auf Mercedes. Wegen der Kinder.«

Meine Güte, dachte Kock, mit vierzehn sieht sie sich schon als Mutter! »Verdient man soviel als Jungbergmann?«

»Schauen Sie mal.« Sie hielt ihm ihre Armreife hin. »Reines Gold, jeder an die 200 Euro. Vom Schwiegervater.«

Kock staunte nur so. »Da war die Mitgift also kein Problem?«

Osman antwortete knapp: »Ciceks Eltern sind zufrieden.«

Cicek zupfte ihn am Ärmel. »Bitte Herrn Kock doch herein.«

»Bitte schön, Herr Koch.« Der junge Mann zeigte auf den Eingang eines Zechenhauses, offenbar die Wohnung von Osmans Eltern. Sie ließen sich im Wohnzimmer auf den Polstern nieder. Niemand sonst war zu sehen, nur der Fernseher lief. Kock schaute sich um. Das an der gegenüberliegenden Wand hängende Tuch irritierte ihn: arabische Schriftzeichen, weiß auf schwarz. Cicek eilte in die Küche, um Tee zu bereiten.

»Ist Cicek«, begann er vorsichtig seine Mission, »nicht reichlich jung zum Heiraten?«

Osman verzog keine Miene. »Meine Schwester Güler war auch nicht älter. Sie haben zwei Jungens, Prachtkerle. Heiraten bekommt den Frauen gut.«

»Aber die Schule macht sie noch zu Ende?«

Osman guckte an Kock vorbei. »Das sehe ich nicht gerne. Es gibt zuviel Jungens dort.«

Cicek brachte das Tablett mit den Teegläsern. »Jungen!«, rief sie. »Du weißt, dass es für mich nur einen gibt!«

Kock versuchte es noch einmal. »Denk mal an Sport. Du warst die Beste in der Klasse.«

Osman entgegnete an ihrer Stelle grinsend: »Sport kann sie weiter machen, zu Hause.«

Cicek reagierte mit einem anzüglichen Kichern.

»Was wirst du den Tag über tun?«

Wieder antwortete Osman. »Sie hat alle Zeit für sich. Das fehlt den deutschen Frauen.«

Sein Handy meldete sich mit einem Klingelton, der Kock wie ein Kampflied vorkam.

»Evet? Hi, Faruk, Merhaba. Wie geht's, Alter? Was macht Monika?« Er begann zu lachen. »Mann, du bist der wahre Kartoffelschäler.« Er schlug sich auf die Schenkel. »Du, wir haben Besuch. Ich ruf dich zurück. Güle, güle.«

Kock hatte genug. »Dann geh ich jetzt besser.« Er trank seinen Tee aus. »Mach's gut, Cicek. Pass auf dich auf. Und wenn du mich brauchst, du kennst ja meine Telefonnummer.«

Sie nickte. Osman stand auf. »Ich bring Sie raus, Herr Koch. Machen Sie sich keine Sorge um sie. Ich passe gut auf sie auf.«

Kock konnte sich im Flur die Frage nicht verkneifen. »Faruk ist Ihr Freund?«

»Mein Bruder.«

»Er hat eine deutsche Frau?«

»Wie kommen Sie denn darauf? Nein, wir heiraten nur unter uns.«

Als Kock winkend aus der Siedlung herausgefahren war, räusperte er sich heftig, um einen Kloß im Hals loszuwerden. Nur unter uns.

Buchen und Birken

Bei uns prägen Türme das Landschaftsbild, Türme von Kirchen, Zechen und Kraftwerken. Man könnte das Schloss übersehen, wären nicht an der Straße die stattlichen Bäume, Buchen und Linden, aus denen die alte Bruchsteinkirche hervorsticht. Biegt man in die Allee daneben ein, blickt man auf das Torhaus und den Schlosshof. Der Wappenstein darüber weist ins 17. Jahrhundert zurück. Der Freiherr, verspricht ein Schild, heiße Besucher willkommen. Kein leeres Versprechen, der Hausherr ist ein leutseliger Mann.

Links der Zufahrt versteckt sich der Friedhof. Unter mächtigen Blätterschirmen liegen sie begraben, die von Plettenberg und Krosigk, von Zitzewitz und Trotha. Hier ruht auch Graf Wilhelm Adolf, der die Hakenkreuzfahne in der Gemeinde hochhielt, und Lutz Graf Schwerin von Krosigk daneben, Hitlers Finanzminister, dem Großadmiral Dönitz die letzte Ehre erwies. Achtundzwanzig gräfliche Gruften schirmt der Hain, wirft seine Schatten auf die Steine mit den klingenden Namen. Unweit erhebt sich ein Granitblock mit der tröstlichen Inschrift, ihrer aller werde gedacht *an der Zufluchtsstätte derer, die Euch lieb haben.* Als Zufluchtsstätte hat das Schloss allen Stürmen getrotzt, selbst aufsässigen Kumpeln, die Schlossmauern haben den Förderturm überdauert, der längst auf die stillgelegte Schachtanlage gestürzt ist.

Schräg gegenüber der unscheinbare Friedhof der Gemeinde. Auch hier verborgen ein Stein, aber mit Worten in russischer Sprache, nicht den Namen Edeler, sondern zum Gedenken an namenlose Zwangsarbeiter. Kein imposanter Hain beschirmt die Stätte, nur eine Reihe dünner Birken. Kein mächtiger Stein steigt empor, nur ein schmaler Obelisk, der Sowjetstern längst gekappt, die kyrillischen Lettern blättern. Auch achtundzwanzig Tote, nicht in Einzelgruften – verscharrt im Massengrab. Ohne jede Zufluchtsstätte, *in faschistischer Gefangenschaft gestorben.*

Drüben die klingenden Namen derer, die in der Heimaterde begraben liegen. Hier die Grube mit den Namenlosen, in fremder Erde, wer weiß wo beweint. Dennoch gleich im Tod: Blätter bedecken ihre Gräber, Blätter von Buchen, Blätter von Birken. Und die Steine schweigen.

Herzstiche

Gut schrieb ich unter die Arbeit, die Linien auf dem Blatt missachtend, die Sandra mit ihrer runden Schrift so exakt einzuhalten wusste. Während meine Hand zum Weinglas ging, blieben meine Augen auf dem Kommentar haften: *Fachkenntnis, Genauigkeit, schlüssige Argumentation*, das waren Wertungen, die Sandra gelassen zur Kenntnis nehmen würde, sie kannte ihre Stärken und hatte den Konflikt, um den es in dem Aufsatz ging, erfasst. Sandra! Eine, die freiwillig *Hamlet* oder *Werther* liest. Habe ich sie eigentlich schon je in Jeans gesehen? Zieht lieber Röcke an, will Jura studieren, ob das in der Zechensiedlung, aus der sie kommt, auf Zustimmung stößt? Ich legte ihr Heft beiseite.

Jetzt zügig den letzten Aufsatz korrigieren, und du liegst um Mitternacht im Bett, kannst die Arbeiten morgen zurückgeben und seelenruhig den freien Abend genießen. Herbert Heckmann, warum sparst du dir sein Heft immer bis zum Schluss auf? Ist er nicht ein Musterschüler? Regelmäßig fängt er dich an der Tür ab, um mit seiner hohen Stimme zu flehen: »Herr Polzin, was kann ich noch tun, um mich auf eine Zwei zu verbessern?« Seine Mappe ist gespickt mit Auszügen aus dem Internet, kein Wunder, dass sie ihn *Professor* nennen, den Einzelgänger mit den herabgezogenen weichen Lippen, keiner sonst trägt auf Kniff gebügelte Hemden. Widerwillig schlug ich das Heft auf. Diese wortzerhackende Schrift, dieser Wirrwarr von Einschüben, dieser Fremdwortbombast – da mühte sich einer so beflissen, dass es beim Lesen wehtat.

Im Wohnzimmer klingelte das Telefon. Jetzt um halb elf?

»Stefan!«, hörte ich Christoph vom Fernseher rufen. »Bestimmt für dich!« Er war es als Architekt nicht gewohnt, so spät abends belästigt zu werden.

Widerwillig stand ich auf. »Stell leiser!« Ich nahm den Hörer auf. »Ja, bitte?«

»Ist da Stefan Polzin?« Die Stimme klang merkwürdig gequetscht.

»Wer spricht denn?«

»Hör zu, du mieses, perverses Schwein, morgen hat sich's ausgefickt!« Höhnisches Kichern, dann Knack. Mit einem grimmigen »Pf!« warf ich den Hörer hin.

»Wer war's denn?«, fragte Christoph.

»Weiß nicht, irgend ein verdammtes Arschloch.« Aufgebracht wiederholte ich die Schmähung.

»So ein Mistkerl« Er kam und fasste mich an den Schultern. »Hast du einen Verdacht? Das kann nur ein Schüler gewesen sein!«

»Hm, nein. Er hat die Stimme verstellt. Vielleicht Bruno Benjak?«

»Wer ist das?«

»Glatzkopf, Springerstiefel, schwarzer Kapuzenpulli.«

»Du kannst doch nicht nach den Klamotten gehen!«

»Nein, aber danach, wie er sich verhält. Erinnere dich an die Sache mit Aische!«

»Der?« Er war sofort im Bilde.

Seit Bruno als Wiederholer in meinen Deutsch-Kurs gekommen war, hatte es Spannungen gegeben. Er ließ keine Gelegenheit aus, gegen Aische zu stänkern, weil sie ein Kopftuch trug. Zunächst nahm niemand seine Frotzelei ernst. Aber als sie einmal über das Thema *Deutsche und Türken – Eine literarische Annäherung* referieren sollte und er verkündete, auf diese Annäherung könne er verzichten, war er auf lauten Protest gestoßen, sodass er sich fortan zurückhielt. Bis Aische ihm Anlass gab, die Fassung zu verlieren.

Als die Stadt Schauplatz einer Regionalsendung war, in der es um Ausländerfeindlichkeit ging, hatte Bruno getönt, er sei noch lange kein Ausländerfeind, wenn er über Türkenwitze lachen könne, und legte vor der Kamera los: *Wie heißt Windel auf türkisch? Gülle-Gülle. Was steht auf dem Rollstuhl eines Türkenopas? Is' lahm!* Natürlich stoppte ihn der Moderator und sprach Aische an, was sie von solchen Witzen halte. Es sei, formulierte sie mit Würde, jedes Mal ein Stich ins Herz. Dieser Satz machte in der Schule die Runde, und es war Sandra, die ihn auf Bruno münzte und ihn *Herzstecher* nannte. Auch Aische lachte darüber, und Bruno wurde weiß vor Wut. Seither saß er schweigsam in der Klasse. Hatte sich sein Groll nun in dieser Beschimpfung entladen? Christoph fand das plausibel und entkorkte, um mich zu beruhigen, eine Flasche, sodass wir entspannt zu Bett gingen.

Mitten in der Nacht schreckte ich aus dem Schlaf. Was war das? Ich lauschte angestrengt in die Nachtschwärze. Totenstille, nur das gewohnte gleichmäßige Rauschen der nahen Autobahn. Da war es wieder, ein leises Schurren unten. Mit einem Schlag war ich hellwach, kein Zweifel, da machte sich jemand an der Haustür zu schaffen. Mein Herz begann zu rasen. Warum stand mir auf einmal Bruno vor Augen? Leise schlich ich mich Stufe für Stufe die Treppe hinunter. Drückte blitzschnell die Klinke hinunter, da rutschte mir vom Außengriff die Zeitung vor die Füße. Erleichtert trug ich sie in die Küche. An Schlaf war nicht mehr zu denken. Zeitung lesen? Irgendetwas tun, um die Stiche in der Herzgegend zu vergessen. Da fiel mir die unkorrigierte Arbeit ein und ich setzte mich an den Schreibtisch. Mühsam quälte ich mich durch den Text. Herbert bezog zu der gestellten Frage floskelhaft die Stellung, die in einem Übungstext vorgegeben war. Mit einer Vier war er gut bedient. Um sieben war ich fertig und machte mich ans Frühstück.

Auf dem Weg zur Schule gab ich mehr Gas als sonst, ohne von den ringsum blühenden Rapsfeldern Notiz zu nehmen. Vor der Tür des Klassenraums als einziger Herbert. »Guten Morgen, Herr Polzin, haben Sie die Klausuren?« Nickend schloss ich auf und packte die Arbeiten auf das Pult. Es gongte, und nacheinander schleppten sich die angehenden Abiturienten auf ihre Plätze, um schläfrig meine Kommentare zur Kenntnis zu nehmen. Einzig Bruno zeigte sich munter und nahm seine Arbeit mit einem lauten »Fuck!« entgegen.

In der Pause herrschte im Lehrerzimmer helle Aufregung, ein Flugblatt ging von Hand zu Hand, das heute morgen vor Schulbeginn aufgetaucht war. Ich überflog den Text. »Deutsche!« hieß es, »Wehrt euch! Der Asylbetrüger ist zur Gefahr für ganz Deutschland geworden. Er nimmt uns Arbeit, Wohnung und Kultur. Er ist nichts als ein Sozialschmarotzer, der nicht einsehen will, dass er hier nicht hingehört. Es wird höchste Zeit, dass wir ihm die Rückfahrkarte zeigen. Deutschland den Deutschen! Asylbetrüger raus!«

»Bruno Benjak?«, fragte ich in die Runde. Die Kollegin neben mir nickte: »Er soll mit einem Stapel solcher Blätter gesehen worden sein.«

»Jetzt ist er fällig!« Ich sprang auf und stürmte ins Zimmer des Schulleiters.

Werner stand gebeugt am Schreibtisch, ihm machte offenbar wieder der Rücken zu schaffen.

»Du kennst das Flugblatt?«, stieß ich atemlos hervor.

»Ich habe die Sache schon weitergemeldet«, antwortete er ruhig. »Gut, dass du kommst, Stefan, wir haben etwas zu besprechen.«

»Und ob!«, stieß ich hervor und wollte gerade von dem Telefonanruf berichten, als er fortfuhr: »Herbert Heckmann war eben hier und hat sich über seine Note beschwert. Er legt Widerspruch ein, ich muss dich um eine ausführliche Stellungnahme bitten.«

Ich holte tief Luft. »Es gibt jetzt Dringenderes zu tun als diesen Pedanten zu bedienen! Wir müssen uns um Bruno kümmern!«

Es gongte zum Unterricht. »Alles der Reihe nach.« Werner nahm sein Lateinbuch auf. »Denk an die Stellungnahme.« Damit wandte er sich zur Tür, ich folgte ihm schnaubend.

Dieser Morgen war für mich gelaufen. Keine Pause, in der nicht das Flugblatt diskutiert wurde. Alle Kollegen waren sich einig, dass nun etwas zu geschehen habe. Aber wie war das Hetzblatt ins Gebäude gelangt? Niemand war sich sicher, Bruno beim Verteilen gesehen zu haben.

Mittags hatte ich es eilig, nach Hause zu kommen, um meinen Grimm mit Christoph zu teilen. Als ich auf den Vorplatz gefegt kam, trat er mir schon in der Haustür entgegen.

»Gott sei dank, du lebst!«

Ich musste grinsen. »So schlimm war es auch nicht.«

»Doch, gerade erst ist er weg.«

»Wer?«

»Der Leichenwagen.«

»Spinnst du?«

Er zog mich ins Haus. »Es ist keine viertel Stunde her, da klingelt es, und so ein Typ in Schwarz steht mit gezogenem Hut vor der Tür und streckt mir die Hand entgegen: ›Mein Beileid!‹ Er käme, um der werten Leiche den letzten Dienst zu erweisen.«

»Wovon redest du?«

»Von dir, kapierst du nicht?« Er begann, haarklein zu erzählen, was der Bestatter gesagt hatte: Er sei telefonisch beauftragt worden, die Heimführung des soeben entschlafenen Herrn Studienrats Polzin zu übernehmen.

»Hast du ihn nach dem Anrufer gefragt?«

»Natürlich hat er sich ohne Namen gemeldet. Eine hohe, greinende Stimme hätte er gehabt, er sei der Herr Bruder.«

»Den Bruder kenne ich!«, stieß ich hervor.

»Ruf Richard an«, riet er, »als Anwalt ist er auch mit Jugendstrafsachen befasst.«

Freund Richard war sofort am Apparat. Strafanzeige? Davon solle ich besser die Finger lassen, da es gegen Unbekannt gehe. Mehr werde, falls die Täterschaft gesichert sei, eine schulische Ordnungsmaßnahme bewirken. Die abwägende Stimme verfehlte ihre Wirkung nicht, und als Christoph zum Abendessen selbstgemachte Pizza auftrug, konnten wir schon wieder lachen. Bruno, morgen bist du fällig!

Mit dem Abspann der Abendnachrichten ging das Telefon. Wir blickten uns an: Gehst du? Ich stand auf. Es war Werner, und der rief mich nie zu Hause an.

»Entschuldige vielmals«, tatstete er sich vor, »ich möchte nicht stören, aber es ist dringend. Bitte sei so gut und komm morgen früh noch vor Unterrichtsbeginn in mein Zimmer.«

»Rufst du mich wegen der Stellungnahme zur Beschwerde von Herbert Heckmann an?« Ich verbarg meinen Ärger nicht.

»Nein, ich muss dich dienstlich über etwas unterrichten. Nicht am Telefon, ich möchte dir nicht den Abend verderben. Bis morgen.« Damit legte er auf. Was für eine nebulöse Nachricht!

Mehr als ich selbst empörte sich Christoph. »Wie kann er dich so in Aufregung versetzen!«

Ich kann nicht behaupten, dass ich diese Nacht gut schlief. Noch bevor der Wecker klingelte, war ich auf, nahm mir kaum Zeit zu frühstücken und saß bereits um halb acht im Auto, nur mit einer Frage beschäftigt: Was hatte Werner mir zu eröffnen? Eilig sprang ich die Treppen zum Chefzimmer hoch. Er war nicht allein, neben ihm saß Helmut, sein Stellvertreter.

»Wir möchten dir etwas vorspielen«, begann er ohne Umschweife, zeigte auf den Videorecorder und betätigte das Gerät.

Über den Bildschirm flimmerten unscharfe Bilder, eine Straße, ein Vorgarten, eine Hausfassade, einige Fenster. Ein anonymer Sprecher krähte: »Hier haust Glatzen-Paul, herzliches Beileid allen, die er in Mathe quält.« Ich erkannte die Stimme sofort, und ich kann nicht einmal sagen, dass ich überrascht war. »Was ist der Unterschied zwischen ihm und einem Moslem? Dieser hat das Glatze-Schneiden im Lager noch vor sich. Hahaha.«

Angeekelt unterbrach ich: »Muss ich mir den Irrsinn anschauen?«

»Ja«, sagte Werner, »jedenfalls das, was jetzt kommt.« Auf einmal erschien mein Haus im Bild, die hohe Stimme überschlug sich fast: »Hier wohnt Polzin, dieses miese, perverse Schwein …« Werner drückte die Stopptaste.

Sekundenlang Stille im Raum, dann Werners Frage: »Du willst sicher Anzeige erstatten?«

Anzeige? »Werner! Das ist keine Privatangelegenheit. Ich nehme an, du wirst den Kerl auf der Stelle von der Schule beurlauben!«

»Bleib ruhig, Stefan! Wir müssen korrekt vorgehen, Ich habe ihn bereits einbestellt, er kann seine Eltern mitbringen, wir dürfen keine Formfehler machen. Geh erst mal in den Unterricht und lass dir bitte nichts anmerken.«

Ich sprang auf. »Nein, den Kerl werde ich keine Sekunde länger unterrichten!«

»Stefan! Es geht um sein Abitur. Du darfst dich nicht weigern, das kann dich den Kopf kosten!«

»Um meinen Kopf«, brüllte ich, »mach dir mal keine Sorge, wohl aber um den Ruf der Schule!«

»Stefan! Lass die Kirche gefälligst im Dorf. Wenn du willst, stell ich dich für diesen Tag frei.«

Frei, brauste es mir in den Ohren und ich machte, dass ich rauskam. Über den Schulhof fegte ein warmer Wind. Ein Paar kam mir entgegen, der Mann trug eine auffällige Trachtenjacke.

»Sind Sie nicht Herr Polzin?«, sprach er mich überraschend an. »Haben Sie einen Moment Zeit?« Heckmann sei sein Name, der Vater von Herbert. Mir stockte der Atem.

Seinem Sohn mache die Deutschnote zu schaffen, er wolle doch Philologie studieren, ob ich ihm nicht etwas mehr helfen könne. Die Frau nickte zu jedem seiner Worte. Sekundenlang stand ich benommen. Dann brach es aus mir heraus: »Herbert?«, schrie ich, »dem kann ich nicht helfen. Der braucht einen Arzt oder Anwalt.«

Damit ließ ich sie stehen. »Unverschämtheit!«, war das Letzte, was ich hörte. Der Wind trieb einen Schwarm Krähen vorbei. Ihr Krächzen klang mir wie Hohn in den Ohren.

Vertagung

So, seine Handschellen sind ab, meinetwegen kann es losgehen – Moment mal, Freundchen, hier wird nicht rumgepöbelt, was nimmt sich der Glatzkopf heraus, nun johlen auch noch die Kameraden auf der Zuschauerbank, Ruhe verdammt! Krass, wie die Blonde in der ersten Reihe ihre Möpse vorreckt, kein Wunder, dass er wild wird, scheint seine Braut zu sein, was sie an dem Typ findet, so fett, wie er im Knast geworden ist, schade, dass sie sich den Balg so verschandelt hat, Robin hat sie auf dem Oberarm stehen, der heißt doch Kevin – von wegen deutsche Treue, oder ist es der Name ihres Sprösslings, armer Kleiner, wächst unter lauter Glatzen auf, meine Herren, die grölen, als ob sie im Stadion wären.

Schluss jetzt, Ruhe! Aufstehen, der Chef kommt!

Los, Glatzkopf, heb deinen Arsch, der entscheidet über dein Wohl und Wehe, den darfst du nicht reizen, der kann ganz schön ungemütlich werden, hat jetzt schon einen roten Kopf, kein Wunder bei der Hitze heute, gut dass nur *Vernehmung zur Sache* auf dem Plan steht, das geht flott über die Bühne, da kannst du, falls der Kerl nicht frech wird, abschalten und dich auf morgen freuen, wenn dein Urlaub beginnt, hoffentlich werden das ungetrübte Tage, Rügen soll ja schön sein, aber noch verflucht ossimäßig, Pension in der *Ernst-Thälmann-Straße*, als ob die nicht zwanzig Jahre Zeit gehabt hätten, die Tünche abzuwaschen, was dem Glatzkopf schwerfallen dürfte mit seiner krassen Kriegsbemalung, Tattoos beide Arme rauf und runter, will wohl mit diesem Arier-Mumpitz zeigen, dass er Bio-Deutscher ist, muss er denn jedem auf die Nase binden, dass er Kanaken nicht leiden kann, könnte ich mir hier bei der Justiz nicht leisten!

Ach du Schande, jetzt will der Chef wissen, wie er zum Nationalsozialismus steht, die Frage kann er vergessen, er sieht doch, wie der Klotz grinst, zack, da kommt es schon, er könne nicht sagen, dass das alles scheiße war, wieso sagt er das, wird ihm nicht weiterhelfen, überhaupt, wie kann er, nachdem er seine fünf Jahre abgesessen hat, so blöde sein, sich gleich wieder mit Kanaken anzulegen, noch dazu vor den Augen von Zeugen, wenn die auspacken, wie will ihn sein Verteidiger raushauen, dieser Typ mit dem Zöpfchen, dem unterm abgewetzten Talar die zerfransten Jeans vorgucken und Turnschuhe mit offenen Bändern, da lobe ich mir den Glatzkopf, der trägt trotz der Hitze seine Springerstiefel, nicht mal Turnschuhe wie die anderen Kameraden.

Jetzt meldet er sich zu Wort, der Herr Anwalt, wer denn bezeugen könne, dass sein Mandant den Beamten, der als erster am Tatort war, als *dreckigen Juden* beschimpft habe, der glaubt wohl, damit könne er den Chef ins Bockshorn jagen, Irrtum, der klopft auf die Unterlagen und blafft, das habe der Zeuge wörtlich zu Protokoll gegeben, natürlich beantragt das Zöpfchen, den Mann zu vereidigen, der Glatzkopf grinst von einem Ohr zum anderen, meint sicher, dem Anwalt sei ein feiner Schachzug gelungen, denkste, darauf ist der Chef vorbereit, bittet per Sprechanlage den Zeugen herein, verdammt, niemand erscheint, also winkt er mir, ich soll ihn holen gehen. Nein, da draußen ist niemand zu entdecken, so ein Mist, das bedeutet, die Verhandlung muss morgen fortgesetzt werden, um den Zeugen erneut vorzuladen, schon lachen die Kameraden auf der Bank höhnisch und rufen, der Zeuge sei bestimmt noch länger verhindert, komm, Chef, zeig es ihnen!

»Na, Kloppries, Urlaub morgen? Tut mir leid, aufgeschoben ist ja nicht aufgehoben.«

3 Von ferne gesehen

Sehnsucht

Was trieb dich her? Die Sicht auf
Hortensienblaue Hänge
Vereint mit Himmel und Meer?

Was war dein Traum? Tupfer von
Segeln in tanggrüner Bucht
Verquirlt mit Hauben von Schaum?

Was böte der Tag? Geißblatt
Im Kampf gegen Brombeerranken
Vermählt mit Hecke und Hag?

Was wolltest du schauen? Im Flug
Möwen mit weißen Wolken
Verbündet gegen den Wind?

Sieh wie der Himmel gleißend
Aufreißt über den Klippen
Dass die Hortensien ringsum

Aufflammen rot und blau
Sehnsucht den Regenbogen
Spannt vom Meer bis nach Haus

Flammenschrift

Schon in sumerischer Zeit
als die Straßen von Uruk
Menschheitswiege am Euphrat
Tote wie Scherben deckten

Schon als in Babylon jäh
Flammenschrift die Palastwand
hochfuhr die Wachen zwang
Belsazar zu erwürgen

Schon als das persische Heer
Babel in Blut erstickte
Harun ar-Raschid Bagdad
prachtvoll wieder erbaute

Als endlich British Petrol
den Paschas und Kalifen
Öldollars in die Kassen
Waffen in die Hände spülte

Da glänzte heller die Stadt
als andere Metropolen
thronte höher als alle
Usurpatoren Saddam!

Bis er sich vermaß mit den
Ölherren Golf zu spielen
und sie begannen die Nacht
lichterloh zu entflammen

Zu zünden bombengelaunt
weltweit bildschirmpräzise
über Bagdad das größte
Feuerwerk aller Zeiten

Sodass die Börsenkurse
steil wie die Patriots stiegen
mit dem Blut wieder Öl floss –
da stand erneut zu lesen:

Mene Tekel upharsin –
die Tage Eurer Herrschaft
wurden gezählt, gewogen
und für zu leicht befunden!

Der deutsche Patient

Auf diese Tour hatte sich Felix seit Monaten gefreut: Wanderurlaub in den interessantesten Landschaften der Türkei. Gute Freunde hatten gewarnt: Seht euch ja vor, schließt auf jeden Fall eine Rückholversicherung ab! Denn es sollte auch in abgelegenere Gegenden gehen und sie fürchteten, er oder seine Frau würden sich überfordern.

In der zweiten Woche erreichte die Reisegruppe – von Amasya im Pontischen Gebirge kommend – das kappadokische Nevşehir, um nun in Tagesausflügen das berühmte Land der Tuffkegel und Felsenkirchen zu erkunden. Hier beginnt die Geschichte, die zu erzählen ist.

In der Nacht wurde Felix von einem heftigen Fieber ergriffen, sodass seine Frau die Hotelleitung alarmierte, die sogleich einen Notarzt herbeirief, der eine fiebersenkende Spritze verabreichte und ein Antibiotikum verschrieb. Da keine Besserung eintrat, verfügte er am nächsten Tag die Einweisung in die private Klinik, deren Chef er war. Hier wurde ein bedrohlich zunehmendes Nierenversagen festgestellt, und trotz aller Medikamente steigerte sich das Fieber in der folgenden Nacht gefährlich. Während Felix willenlos vor sich hindämmerte, verlangte seine Frau die sofortige Verlegung in die unweit gelegene Uniklinik von Kayseri. Doch es war Freitag und kein Arzt sichtbar.

In ihrer Verzweifelung rief sie den Rückholdienst in Deutschland an, um einen Ambulanzflug zu organisieren – zum Glück hatte sie den neu abgeschlossenen Vertrag zur Hand. Da endlich tauchte der Internist wieder auf und bestätigte, mit Schweißperlen auf der Stirn, es sei höchste Zeit für weitere Maßnahmen. Schon stand ein Krankenwagen vor der Tür und mit Blaulicht ging es nach Kayseri. Als Felix auf seiner Bahre aus dem Fahrzeug geschoben wurde und die Augen aufschlug, leuchtete ihm von der Glastür, auf die er zu gerollt wurde, die dunkle Inschrift *Organ nakli hastanesi* entgegen. Wo war er gelandet?

Die Bahre, auf der er liegt, wird im Laufschritt in einen großen Saal geschoben, der durch Vorhänge in OP-Nischen abgeteilt ist. Ein junger Mann, ohne den üblichen Arztkittel, tritt auf ihn zu, stellt sich höflich als Kubilai vor und beginnt, ihn eingehend auf Englisch zu seiner Krankheit zu befragen, zu allen früheren Leiden und selbst den Krankheiten seines Vaters. Felix müht sich gequält, korrekt zu antworten, obwohl ihm Nierenschmerzen und Harndrang unerträglich zusetzen. Jetzt, nachdem der Sachverhalt klar ist, legt der Doktor Hand an, das heißt, er legt einen Katheter. Dazu ruft er eine Kollegin hinzu, offenbar Studentin, die zuschauen soll, was sie in einige Verlegenheit bringt, zumal es gilt, die ungewohnte Vorhaut des Nichtmuslims zu überwinden. Endlich kann der aufgestaute Urin abfließen und Felix spürt eine derartige Linderung, dass er dankbar Kubilais Hand ergreift, ehe der sich freundlich nickend verabschiedet. Wie weiter?

Eine Ärztin tritt hinzu, die sich an ihm zu schaffen macht. Er versteht kein Wort von dem, was sie ihm erklärt. Da meldet sich aus der Nische zur rechten Hand ein älterer Herr und ruft auf Deutsch herüber, er stelle sich gern als Übersetzer zur Verfügung. Felix versteht nun also, dass die Fachärztin sich durch Blutentnahme und Röntgen vom Zustand seiner Nieren überzeugen will, ehe etwa mit der nierenersetzenden Dialyse begonnen werde. Er wird von einem Pfleger aus dem Saal geschoben und in einem Nebenraum geröntgt. Nachdem die Nephrologin sich die Ergebnisse angeschaut hat, entscheidet sie, mit der Dialyse zu warten, er werde auf eine Station verlegt und weiter beobachtet.

Alsbald wird er auf seiner Liege zum Fahrstuhl und in den zweiten Stock transportiert, seine Frau folgt erleichtert mit dem Gepäck. Das Krankenzimmer hat zwei Betten und eine Liege. Der Bettnachbar ist ein beleibter Herr, der bereits an einem Blutwäscheapparat hängt. Da auch er einige Jahre im Ruhrgebiet gearbeitet hat, beginnt er sogleich ein Gespräch, voller Stolz auf seine paar deutschen Wörter. Ein junger, freundlicher Stationsarzt kommt, der des Englischen mächtig ist: *kidney* lautet das Schlüsselwort im Gespräch für das Aufnahmeprotokoll. Felix, noch immer fiebergeschüttelt, ist froh, dass seine Frau mithilft und, wie es hier üblich ist, bei ihm bleiben darf.

Er fühlt sich hundselend. Die Zunge ist geschwollen und liegt wie ein Stück fremdes Fleisch im Mund. Der Rachen brennt wie Feuer, sodass er nicht schlucken kann und nicht mal Tee herunterkriegt. An Essen ist ohnehin nicht zu denken, es besteht auch nur aus trockenem Toastbrot und hart gekochten Eiern. Es wird eine Nacht ohne Schlaf. Den anderen Kranken geht es auch nicht besser. Der Nachbar röchelt und rotzt in einem fort, im

Nebenzimmer schreit ununterbrochen eine Frau, der man wegen Diabetes beide Beine amputiert hat. Seine Frau allerdings ist von der Aufregung so mitgenommen, dass sie sich in ihre Wolldecke hüllt und auf der Liege in einen bleiernen Schlaf fällt.

Am Morgen kommt der Chefarzt mit großem Gefolge, versichert Felix, er sei in dieser Klinik in den besten Händen, man gehe umsichtig zu Werke und wolle die Entscheidung über eine Dialyse noch vertagen. Das hört sich gut an und weckt die Lebensgeister. Es entwickelt sich ein lebhaftes Treiben. Da die Tür des Krankenzimmers immer offen steht, geht es zu wie in einem Taubenschlag. Nicht nur erscheint des Öfteren eine Schwester, um ermunternd ein Lächeln zu spenden. Überdies strömt die Familie des Bettnachbarn herein, gewaltige Taschen schleppend, um das Familienoberhaupt zu verwöhnen. Immer wieder auch treten andere Patienten ein, um mit dem fremdländischen Gast Worte auf Deutsch zu wechseln. Eine ältere Frau stellt ihm eine Schale mit Aprikosen auf den Nachttisch. Ein Barbier bietet seine Dienste an, denn Felix ist seit Tagen unrasiert. Mehrfach fragen junge Burschen, ob sie Wasser in Flaschen oder Fleischspieße besorgen sollen.

Nein, Felix ist nicht in der Lage, irgendeinen Bissen herunterzuwürgen. Sorgenvoll wälzt er Gedanken, wie er wieder auf die Beine kommen soll. Da klingelt das Handy und aus Deutschland trifft die frohe Botschaft ein, der Rückholdienst stehe bereit, man brauche nur das Okay der türkischen Ärzte. Sofort trägt seine Frau die Nachricht weiter. Der Stationsarzt fragt den Professor und beide haben nichts gegen den Transport einzuwenden. Schon regelt sie in aller Eile die Formalitäten, die Anmeldung in der Uniklinik Münster und die Bezahlung des Aufenthaltes, der mit dreihundert Euro, alle ärztlichen Leistungen eingeschlossen, äußerst günstig berechnet wird. Zu ihrem Leidwesen darf sie in der Ambulanzmaschine nicht mitfliegen, sodass sie sich schweren Herzens verabschiedet, um einen Linienflug zu erreichen.

Felix muss bis zum Abend warten. Zur angegebenen Zeit schleppt er sich, vom Stationsarzt gestützt, vor den Eingang. Eine ältere Frau, wohl selbst Patientin, trägt ihm unaufgefordert den Rucksack. Draußen fällt er auf eine Bank, um die Ankunft des Rettungsfahrzeuges abzuwarten. Bald hocken sich zwei Männer neben ihn, um ihm die Wartezeit zu verkürzen. Deutsch radebrechend, sprechen sie beruhigend auf ihn ein. Es wird spät und später, ohne dass sich der erwartete Krankenwagen zeigt. Felix wird unruhig, zumal er feststellt, dass sein Handyakku abgeladen ist, er kann nicht einmal eine Nachfrage starten. Da stellt ihm der Arzt, der eigentlich schon Feierabend hat, seinetwegen aber noch geblieben ist, sein Handy zur Verfügung. Felix hört, das Flugzeug sei erst in Nevşehir gelandet und werde nun umgeleitet. Es dauert eine weitere Stunde, da kommt die Crew vorgefahren und mit der Transportbahre auf ihn zugestürmt.

Auf dem Flugplatz wartet eine kleine Sondermaschine, in der gerade Platz ist für ihn, einen Sanitäter, der ihn an Geräte anschließt, und den überwachenden Arzt neben dem Piloten. Nach dreistündigem Flug landen sie nachts auf dem heimischen Flugplatz. Wieder steht der Krankenwagen bereit, der ihn jedoch nicht in die

Uniklinik fährt, die voll belegt ist, sondern in ein ebenfalls auf Nierenleiden spezialisiertes Krankenhaus. Trotz der frühen Morgenstunde wird er zunächst in der Aufnahme eingehend befragt und untersucht, bis er endlich auf die Intensivstation gefahren und in ein frisch zurechtgemachtes Bett hineingehievt wird. Noch eine kurze Rückmeldung bei seiner inzwischen zu Hause angekommenen Frau, dann sinkt er, ihren Erlösungsjubel im Ohr, in einen Erschöpfungsschlaf.

Elf Tage muss er hier bleiben, bis er halbwegs wieder auf beiden Beinen steht. Festgestellt wird eine lebensbedrohliche Infektion mit Nierenversagen und Entzündung mehrerer Organe. Eine Nierenpunktion bringt Aufklärung über die Ursache: ein seltenes Virus namens Hanta. Hat ihm das der Türkeiaufenthalt mit all den ungewohnten Umständen eingebrockt? Mit düsterem Blick stehen seine Freunde am Krankenbett: Wir haben es geahnt! Du wolltest ja nicht hören! Nie wieder Wandern in der Türkei! Ob er, fragen ihn die Ärzte zu seiner Verwunderung, dort mit Nagetieren in Kontakt gekommen sei? Natürlich nicht! Er ist zwar durch die anatolische Landschaft gestapft, ohne aber nur eine einzige Maus gesichtet, geschweige denn angefasst zu haben. Wieso das, will er jetzt wissen, von Belang sei? Das Hantavirus, erfährt er zu seiner Verblüffung, werde durch den Kot oder Urin infizierter Mäuse oder Ratten übertragen, besonders der Rötelmaus. Da durchzuckt es ihn wie ein Stromschlag. Hatte er nicht kurz vor Antritt der Reise eine von ihrem Kater erlegte Maus entsorgt? Und zwar eine Rötelmaus, denn sie hatte ein rotbraunes

Fell! Kopfnicken bei den Ärzten und der eindringliche Rat, künftig bei einem solchen Anlass Handschuhe zu benutzen.

Nie wieder Türkei? Gleich im nächsten Jahr würde er wieder hinfahren, durchaus furchtlos, weil er nun weiß, dass es dort nicht nur viele freundliche Helfer gibt, sondern, im äußersten Notfall, selbst in der Provinz eine *Organ nakli hastanesi*, Klinik für Organtransplantation.

Keine Gnade für Horn

Als Hartwig die fahle Märzsonne durch die Stämme sickern sah, stand er vom Schreibtisch auf und trat steifbeinig in den Garten hinaus. Noch hatte der Winter die Natur fest im Griff. Unter seinen Sohlen stöhnte die steinharte Grasnarbe. Sorgenvoll blieb er am Teichrand stehen und blickte hinab. Unter der armdicken Eisdecke schimmerten matt die Goldfische hoch, unbeweglich, wie eingefroren. Vielleicht sollte er das Beil aus dem Schuppen holen, um den Panzer zu zertrümmern? Da fuhr ihm eisiger Wind entgegen, er eilte ins Haus zurück, verriegelte die Terrassentür und ließ sich in den Sessel an der Heizung sinken.

Ihm wurde warm. Wenige Tage, dann würde er eintauchen in die Korallenwelt des Roten Meeres, schnorchelnd die Unterwasserpracht mit Händen greifen. Sein Blick glitt über die Schautafel an der Wand: Die Fische des Roten Meeres, betörende Vielfalt von Farben und Formen, klingende Namen, um den Glanz zu fassen, Zitronenschmetterling, Regenbogen, prunkvolle Kaiserin, Gaukler oder Clown. Dieser, der leuchtend gelbe Anemonenfisch, hatte es ihm besonders angetan, wie er unentwegt seinen blauen Stirnstreif in die fleischigen Arme der Seeanemone schmiegte, damit sie sich gegenseitig Fressfeinde vom Leibe hielten. So war es unter Wasser.

Aber, überlegte er, du bist in Israel zu Gast, müssen da nicht andere Prioritäten gelten, als Fische zu bewundern? *Fressfeinde*, die gibt es dort rundum zur Genüge, du wirst nicht nur ins Meer, auch in eine Welt des Hasses eintauchen, der erbitterten Kämpfe um dasselbe Stück Land. Wer kann sich da in wessen Arme schmiegen? Unversehens kam ihm Horn in den Sinn, sein Vater, der nun, nach dem Tod seiner Frau, einsam in seiner Wohnung hockte. Er braucht dich, sagte er sich, du solltest ihn vor der Abreise besuchen.

Er stand auf und warf sich den gefütterten Anorak über. Die Autobahn war schneefrei, er würde kaum eine halbe Stunde brauchen. Im Innenspiegel starrte ihn ein Mensch an, der vergeblich versuchte, die Kerbe über der Nasenwurzel zu glätten. Gereizt beschleunigte er auf 150 und beschränkte sein Wahrnehmungsfeld auf die linke Fahrspur.

Was trieb ihn zu Horn? War es Liebe? Oder nur der Respekt, den er ihm als Sohn schuldete? Wann hatte er ihn zuletzt umarmt? Jedenfalls nicht mehr, nachdem er sein Kriegstagebuch gelesen hatte und über den Eintrag gestolpert war: *Warschau. Das Judenviertel, das hermetisch abgesperrt ist, bietet recht unerfreuliche Bilder, die Leichen der soeben Gestorbenen liegen auf den Straßen herum. Man sieht viele hübsche und elegante Frauen, und mit Liebe scheinen große Geschäfte gemacht zu werden.* Leichen und Liebe? War das nicht der Blick eines Käfersammlers?

Er fand ihn niedergeschlagen. Nachdem sie ein Glas Portwein geleert hatten, wagte er nach dem Grund zu fragen. Wortlos reichte ihm Horn ein Schreiben. Überrascht las er *Israel* im Briefkopf. *Sehr geehrter Herr Horn! Unter Bezugnahme auf Ihren Antrag auf Erteilung eines*

Einreisevisums teilen wir Ihnen mit, dass diesem nicht stattgegeben werden kann.

Fragend schaute Hartwig auf. »Du wolltest nach Israel?«

»Ostern, mit der Gemeinde, die Heiligen Stätten besuchen.«

»Und dafür hast du kein Visum bekommen? Das kriegt doch jeder.«

»Jeder«, schnaubte Horn, »dem die Gnade der späten Geburt zuteil geworden ist.«

Er stand auf und ging zum Bücherschrank. Wie klein er geworden war! Er kehrte mit einer Mappe zurück. »Kennst du den Roman *Der Fragebogen?* Von Ernst von Salomon, Bestseller nach dem Krieg. Hier, das ist meiner.« Er hielt ihm einen vergilbten Doppelbogen hin, datiert von Juni '45. Hartwig überflog die Eintragungen: Gerichtsreferendar, SA, Eintritt in die Partei, Ernennung zum Assessor, Kriegsdienst.

»Bist du nicht entnazifiziert worden?«

Wieder griff er in die Mappe und zog ein Papier hervor, von der britischen Militärregierung. *Hiermit werden Sie davon in Kenntnis gesetzt, dass Sie nach Anhörung Ihres Widerspruchs gegen Ihre Entfernung vom Überprüfungsausschuss in die Kategorie IV eingereiht worden sind.* Dazu ein Schreiben des Oberbürgermeisters. Horn, schrieb er, sei ein Mann hoher Bildungsstufe. Äußerlich gesehen möge er als Mitläufer gelten, doch wer ihn genauer gekannt, mit ihm vertraute Gespräche geführt habe, der müsse ihn zu den Gegnern des Nationalsozialismus rechnen.

»Hast du den Persilschein nicht mit eingereicht?«

Er zog unwillig die Brauen zusammen. Klar, dass ihm der Begriff nicht passte, aber er verkniff sich einen

Kommentar. »Wozu? Ihnen reicht, dass ich Parteimitglied war.«

Hartwig versuchte mitfühlend zu lächeln. »In der Tat ein sehr pauschales Vorgehen.«

Horn fixierte ihn mit trübblauen Augen. »Das kann man wohl sagen. Was habe ich Israel getan? Ich war Zeit meines Lebens Christ und Demokrat.«

»Das interessiert die Israelis wenig, ihnen geht es um dein Verhältnis zu den Juden damals. Warst du nicht im Warschauer Ghetto?«

Horn schenkte, ohne zu zittern, Portwein nach. »Du spielst auf mein Tagebuch an? Ja, ich war da, aber nur, weil mich mein Reiseweg hindurchführte. Mit dem, was den Insassen passierte, hatte ich nichts, aber auch gar nichts zu tun. Ich habe nie etwas gegen Juden gehabt. Noch weniger«, hob er seine Stimme, »gegen den Staat Israel, dem meine Hochachtung gilt als Bollwerk der Freiheit.«

Hartwig fühlte, wie ihm das Blut zu Kopf stieg. »Du meinst die Freiheit der Israelis?«

»Ich meine die Freiheit der gesamten zivilisierten Welt.«

»Zu der du die Palästinenser nicht zählst.«

»Nein! Weil sie ihr Ziel mit Terror anstreben.«

»Beide Seiten gehen mit Gewalt vor.«

»Eine seltsame Gleichsetzung!« Die roten Schmisse auf seiner kahlen Stirn glühten. »Ich frage mich«, polterte er, »warum sie linken Vögeln wie dir die Einreise erlauben.«

Er wusste, was kommen würde, und zog es vor aufzustehen. »Niemand dort hat was gegen Friedenstauben.«

»Dann flieg mal schön«, knurrte er, erhob sich ebenfalls und berührte ihn versöhnlich an der Schulter. »Komm gesund wieder.«

Hartwig versagte sich und ihm die gewohnte Umarmung und war froh, als er im Auto saß. Nie etwas gegen Juden gehabt? Den Satz kannte er zur Genüge und auch das *Aber*, das unweigerlich folgte. Oder war er ungerecht? Ist nicht er, der versöhnungsbedürftige Christ, der bessere Besucher als du, der du dir Gedanken darüber machst, wie du Palästinenser treffen könntest? Deutschland und Israel, eine komplizierte Beziehung, alles andere als Clownfisch und Seeanemone.

Tage später, es herrschte weiterhin grimmiger Frost, folgte Hartwig – froh, die strengen Kontrollen im Flughafen überstanden zu haben – einer Schar Pilger auf das Rollfeld, deren aufgeregtes Plaudern jäh verstummte, als die Motoren der Maschine aufheulten. Nach ruhigem Flug, mit Blick auf Wattebäusche über Blau, landeten sie in Tel Aviv, wo er in ein kleines Propellerflugzeug umstieg, das manchmal im Luftstrom so heftig vibrierte, dass die wenigen Passagiere laut aufstöhnten. Endlich kam die Lichterkette der Hotels am Roten Meer in Sicht und der Flieger setzte auf der Landebahn von Eilat auf.

Hartwig wurde von Rafi erwartet, der im Jahr zuvor sein Gast gewesen war. Bald saß er in seiner Hochhauswohnung und genoss den Blick auf die umliegenden arabischen Berge, die von den Strahlen der Abendsonne in dunkles Rot getaucht wurden. Niedergeschlagen berichtete Rafi, dass morgen der angrenzende Ort Taba an Ägypten zurückzugeben sei. Als begeisterter Taucher bedauerte er zutiefst, dass die fischreichen Riffe dort künftig unerreichbar wären. Da drängte es Hartwig erst recht, die Unterwasserwelt des Roten Meeres zu erleben.

Kaum war anderentags die Sonne über den Dächern, eilte er zum Korallenstrand und stürzte sich ins Wasser. Atemberaubend das Gewimmel von leuchtend roten, blauen und gelben Fischen, ob nadeldünn oder tellerrund, einzeln oder in Schwärmen. Am eindrucksvollsten – wie erwartet – die Clownfische, die durch die Tentakeln der Seeanemonen schlüpften. Ihr Hin und Her, das wie ein Spiel aussah, war nichts anderes als der Wechsel von Nahrungssuche und Rückzug vor Fressfeinden. Ob das ein angenehmes Leben war? Oder wenigstens ein dauerhaftes? Das kleine Korallenriff sah bereits recht mitgenommen aus.

Nachmittags nahm ihn Rafi zu einem Bekannten mit, der sich als Kommandant von Taba vorstellte. Hartwig horchte auf und fragte, was er von der Rückgabe halte, der Devise *Frieden gegen Land*. Israel, meinte der drahtige Mitfünfziger, könne wohl auf Territorien verzichten, nicht jedoch auf seine Sicherheit. Keine internationale Garantie, nur die eigene Stärke sei die Gewähr für das Überleben. Wie er die Zukunft der palästinensischen Nation sehe? Der Major zuckte mit den Achseln, er kenne nur eine jordanische Nation, und die habe ihren Staat. Hartwig wagte nicht zu widersprechen, fühlte sich aber bestärkt, nach der nicht existenten Nation Ausschau zu halten.

Am nächsten Morgen nahm er seinen Rucksack und verließ die Stadt, um in der Umgegend auf Suche zu gehen.

Einem schmalen Wadi folgend, staunte er über die Vielfalt von Pflanzen in der felsigen Einöde, geriet in Schweiß, stieß sich die Füße an Brocken wund. Auf einmal bemerkte er in Steinwurfweite eine zusammengekauerte Gestalt. Es war wie im Film, als sich ein Beduine aus dem Schatten der Krüppelakazie erhob und ihn mit *Salam alaikum* begrüßte, in einen abgerissenen Burnus gehüllt, aber würdevoll. Englisch verstand er nicht, und so ließen sie sich schweigend nebeneinander im Schatten nieder. Der Alte ritzte mit dem Stock Zeichen in den Sand, aus denen Hartwig das Wort *Peace* zu lesen glaubte. Er bot ihm seine Wasserflasche an, aus der sie tranken, ehe er winkend weiterzog.

Was hielt den Alten hier in der Negev, konnten ihm diese Klüfte Heimat sein? Als er nach mühseligem Klettern in einer Schlucht eine Quelle entdeckte, hatte er die Antwort: Ein magisches Rot sprang ihn an, keine Fata Morgana, er konnte es anfassen und spürte, was Blüten vermögen, wenn sie in der Wüste glühen.

Der Rückweg führte ihn an die Grenze zum ägyptischen Sinai. Eine Patrouille sprach ihn am Stacheldraht an. Er sei Deutscher, erteilte Hartwig Auskunft. Die Berliner Mauer sei weg, grinste der Offizier, doch die um Israel werde noch lange stehen. Auch zwischen Israel und Ägypten, gab er zu bedenken, gehe es inzwischen friedlich zu. Hier schon, erfuhr er, doch wenn er weiterführe nach Gaza, einfach der Grenze nach … Verboten, antwortete er achselzuckend.

Als er zerschlagen zwischen den letzten Höhen auf die Stadt zustolperte, traf er am Ortsrand auf einen Trupp fernglasbewaffneter Birdwatcher, die den Zug der Falken verfolgten, und fragte sich, warum gerade

Falken so viele Beobachter anziehen. Auf Tauben achtet niemand, wohl weil sie so alltäglich sind. Wenn das doch für Friedenstauben gälte!

Zu Hause eröffnete ihm Rafi, er habe ein Treffen mit Ibn Sinai vereinbart, Mitglied der Partei für Bürgerrechte und Frieden, die für eine israelisch-palästinensische Verständigung einträte. Angeblich, fügte er hinzu.

»Kommst du mit?«, fragte Hartwig.

»Würdest du mit Leuten sprechen, die dich am liebsten ins Meer jagen möchten?«

Also ging er tags darauf allein und staunte nicht schlecht, als ihn Ibn Sinai in bestem Schwäbisch begrüßte. Er stamme aus Stuttgart, die Liebe zu seiner Rahel und zum Sinai habe ihn hier heimisch werden lassen. Ein arabisch wirkender Graubart, der sich vom Diwan erhob, stellte sich als Abi Zarum vor und begann lebhaft, von seiner Kindheit und den Kämpfen der *Arabischen Rettungsarmee* zu erzählen.

Hartwig war beeindruckt und bereit, eine Erklärung für Friedensverhandlungen und die Interessen des Palästinensischen Volkes zu unterzeichnen. Hatte er nun zur Versöhnung der Nationen, zum Nahostfrieden beigetragen? Er zweifelte, als er sich verabschiedete. Was tun? Weiter unbefangen zwischen Clownfischen schnorcheln?

Er kam zu dem Schluss, es sei besser, erst einmal persönlich Frieden zu schließen und heimzureisen, um sich mit Horn auszusprechen.

Als die Maschine am nächsten Nachmittag die graue Wolkendecke über Köln durchstieß, klatschte Schneeregen gegen die Scheiben. Aber die Büsche am Rande des Rollfeldes standen in vollem Saft, bald müssten die Knospen knallen.

Hinter der Sperre erwartete ihn winkend sein Bruder. Warum er? Die Nachricht von Horns Tod traf ihn wie ein Schlag, und als er wieder bei Sinnen war, wusste er: Das, was er und sein Vater sich jetzt noch hätten sagen wollen, es passte endlich zusammen.

Katzenjammer

Diese Katze kannte er. Obwohl er sie hier noch nie gesehen hatte. Seltsam, dass er ihr erst heute, an seinem letzten Urlaubstag, begegnete. Schreiend wie ein Pfau stand sie auf einmal vor ihm und bot genau das Bild, mit dem damals Lou ihre Briefe – und sie schrieb fast täglich – zu unterzeichnen pflegte: Rotes Fell, steil nach oben gerichteter, extrem buschiger Schwanz, lang ausgefahrene Krallen. Ach, Lou! Wie lange ist es her, dass wir Hand in Hand durch die Anlagen der Stadt zogen, Friedhöfe oder Kanalraine aufsuchten, um uns ungestört herzen zu können! Wie jung wir waren, wie unbekümmert!

Und heute? Keuchst du wie ein alter Mann. Alt? Das darfst du dir nicht einreden! Sicher, von zu Hause, dem Ruhrgebiet, hast du die Nase voll, ganz wörtlich, darum hast du dich hierher geflüchtet auf die südliche Insel. Nutze den Tag, endlich den nahen Gipfel zu stürmen. Gipfel? Eher ein grünzackiger Drachenrücken, von unten prächtig anzusehen, ein Ganzes, wie es oben gar nicht zu fassen wäre. Oder würde ihm der Blick von oben ein noch schöneres Ganzes zu Füßen legen? Mach dich auf! Der Passatwind, der Wolkenflocken über den Bergkamm bläst, wird dir ein guter Begleiter sein.

Er marschierte los. Kaum hatte er auf der Rambla die Rentnergruppe passiert, die sich den lieben langen Tag mit Plaudern vertrieb, sprang sie laut jammernd auf ihn zu, rieb das langhaarige rote Fell an seiner Wade und folgte ihm hartnäckig, als ob sie zusammengehörten, über die Küstenstraße und auf den Weg, der sich – den Bach in der Schlucht begleitend – den Berg hochwand, beiderseits von Tuffsteinmauern eingefasst, über die Plataneras ragten – Bananenstauden, die schwer an ihren Früchten trugen. In den Gummibäumen vielstimmiges Gezwitscher von Kanarienvögeln, sodass die Katze aufmerkte und zurückblieb, um den Sängern nachzustellen. Danke, rief er ihr zum Abschied zu, dass du mich an meine Jugendliebe erinnert hast.

Er schritt zügig aus. Vor ihm am Berg warfen wuchtige Schwingen Schatten auf die Steilwand, kein Adler – ein Reiher, einer also, der genauso wenig wie er hierher gehörte. Wenigstens hatte er von seiner luftigen Warte aus einen besseren Überblick über das Tal, als er ihn selbst von oben haben würde. Jetzt wechselte der Weg über einen Steg auf die andere Seite der Schlucht, es ging steil bergauf, die Felswände rückten näher zusammen. Der Pfad führte durch Vulkangestein, rote und schwarze Brocken, Wolfsmilchgewächse schoben ihre vielarmigen Kandelaber über den Weg, Feigenkakteen stichelten die Beine. Soweit das Auge reichte, schossen grüne Stauden die Hänge empor, überragt von Pinien und Palmen.

Der Pfad wurde zum Tritt, das Steigen zum Klettern. Jetzt hörte er tief unten, wo noch Wasser in den übereinandergestaffelten Felsbecken stand, Frösche die Wände hochquaken. Der Reiher wusste also doch, was ihn hierherlockte. Und was lockte ihn? Vor ihm huschte eine riesige Eidechse zur Seite, er erhaschte schillerndes Grün und einen dunklen Kopf, mit dem sie sich ins Dickicht bohrte. Mit dem Kopf durch die Wand, war das nicht bisher seine Devise gewesen? Er holte tief Luft und kraxelte weiter. Endlich lag der Bergrücken vor ihm, und nach wenigen Tritten stand er auf dem Plateau. Senkrecht unter ihm meerumtost die Nordspitze der Insel, an die klippenreiche Küste weiß der Ort geklebt, ein Panorama, das ihn frei machte, er atmete tief, bis er einen nie gekannten Schwindel spürte und sich setzen musste. Innehalten, Einatmen – war es das, was er bisher versäumt hatte?

Die Sonne stach und er machte sich auf den Rückweg. Wo war der Pfad? Er stolperte abwärts über rotes Geröll, porös wie Hochofenschlacke, kam ins Taumeln, griff in Kakteenarme, spürte Dornen in der Hand, ließ sich rollen und kam in einem Meer aus Steinen zum Halt, über ihm schwarzdrohend die Steilwand, unten piniengesäumt die Schlucht. Vorsichtig rappelte er sich hoch und trappte weiter, strauchelte erneut, klammerte sich an eine Felskante, über die sich eine gewaltige Palme schob. Hangelte den Stamm hinunter und landete in einer Art Laube, von riesigen Fächern beschattet.

Vom Boden fuhr erschrocken jemand hoch! Sekundenlang standen sie sich reglos gegenüber. Seine Erstarrung löste sich in dem fassungslosen Ruf »Lou!« Diese Frau, blond und grünäugig, wie sie dastand, hatte dieselben aufgeworfenen Lippen, die er geküsst hatte, damals, in seiner Schulzeit. »Lou?«, stieß er heiser hervor und suchte in ihren Augen zu lesen, deren Aufleuchten ihm zeigte, was auch sie dachte: Er ist es!

»Du?«, sagte sie. Musterte die Kerbe zwischen seinen Brauen, das lichter gewordene Haar, die Augen, mit denen er nach ihren Brüsten gegiert hatte, als sie sich heimlich trafen, um zu spüren, wie Herz an Herz pocht. »Du?« Nannte seinen Namen nicht, hatte ihm nicht verziehen, lächelte spöttisch wie in jener Nacht, als sie die Polizei am Kanal ertappte, einem verrufenen Ort der Buhlerei, und Lou, weil sie erst siebzehn war, im Streifenwagen nach Hause brachte, sodass ihr Vater tobend verfügte, sie werde ihn nie mehr sehen, zumal er nicht das richtige Bekenntnis vorweisen konnte. In ihrem bischöflichen Lyzeum musste sie öffentlich abschwören. Und er? Hatte sie, statt ihr Trost zuzusprechen, schmählich im Stich gelassen! Genau das schleuderte sie ihm mit diesem knappen Du entgegen.

Stumm hockten sie sich hin, saßen nebeneinander da, jeder unter der Last eines ungesagten »Weißt du noch?« Ihm stand jener Nachmittag vor Augen, als sie sich in die Kirche geflüchtet hatten, von Schnee durchnässt. Umfasst hielten sie sich warm, bis der Pfarrer ihnen eifernd die Tür wies, dies sei ein Gottes-, kein Hurenhaus. Wie hatten sie gelacht und ihm von draußen einen Schneeball nachgeworfen! Und sie? Dachte wohl an jenen letzten Abend, als sie sich noch einmal getroffen hatten, um ihre Zukunft zu bereden, eine gemeinsame Zukunft, die er schon aufgegeben hatte, da er die Stadt zum Studium verlassen wollte, und verschwieg, was sie längst ahnte, dass er eine andere Spur aufgenommen hatte.

Der Wind fuhr in die Palme, dass sie aufrauschte wie tief unten die Brandung. Er spürte, wie Lous Haar seine Schläfe streifte, oder war es nur ein Palmwedel? Er wagte, den Arm um sie zu legen, wartete, bis sie ihren Kopf an seine Schulter lehnte, jetzt waren es wirklich ihre Haare. Schon damals hatte sie nach Lavendel gerochen. Nicht reden, Worte können schmerzen. Wie hätte er ihre Frage beantworten sollen: Warum bist du nie mehr gekommen?

Es begann zu dämmern, die Strahlen der Sonne versickerten im Palmendach. Sie stand auf, sie müsse gehen. Wohin? In den Ort, sie wohne dort. Immer? Ja, sie habe einen von hier geheiratet. Er wagte nicht weiter zu fragen. Sie stiegen den Pfad hinab, sie voran, kraftvoll, wie er es kannte. Geranien flammten im Halbdunkel auf, und als der Weg breiter wurde, gingen sie eng umschlungen. Unter ihnen brünftiges Kläffen der Frösche, vor ihnen über dem Meer versinkend die Sonne. Als der Weg auf die Straße mündete, blieben sie stehen. Ihnen war beiden klar, dass es ein endgültiger Abschied sein würde.

Im aufgehenden Mond leuchtete ein Jasminbusch auf, er pflückte eine Blüte ab und steckte sie ihr ins Haar. Da brach es aus ihr heraus: Zu spät, warum hast du mir damals keine Blume geschenkt? Stumm drückte er seine Lippen auf ihre, ebenso stumm erwiderte sie den Kuss, nein, kein Versprechen, vielleicht ein Siegel der Vergebung. Plötzlich strich etwas an seinen Beinen entlang – die Katze, ihre Katze!

»Morgen früh«, flüsterte er, »geht meine Maschine.«

»Adios!«, rief sie und verschwand, die Katze an ihrer Seite, in der Dunkelheit.

Er lief die Straße hinunter zum Appartementhaus zurück, schüttete sich ein Glas Inselwein ein, trank es in einem Zug aus und rief zum Balkon hinaus: »Bitte, Lou, verzeih mir!« Und begann, sich die Seele aus dem Leib zu husten. Morgen würde er heim fliegen, in das Land der Schlote.

Die schöne Melusine

Eigentlich spielt die Geschichte auf Burg Lusignan in der westfranzösischen Landschaft Poitou. Sie hätte sich jedoch auch bei uns zutragen können, etwa auf Schloss Opherdicke.

Vor vielen hundert Jahren lebte in dieser Gegend Graf Heinrich aus dem Hause Dortmund. Da er ein weites Herz hatte, entsprach er dem Wunsch seines durch Kriegszüge verarmten Bruders und nahm dessen Sohn Rembold zu sich, um ihm zu einer standesgemäßen Erziehung zu verhelfen. In den weitläufigen Wäldern ging er gern auf die Jagd, am liebsten von seinem Neffen begleitet.

Einmal ritten sie gemeinsam aus, um Wildschweine zu jagen. So verbissen stürmten sie hinter einem gewaltigen Eber her, dass sie weit von ihrem Gefolge abkamen. Es wurde so dunkel, dass sie keine Hand mehr vor Augen sahen und unter einer uralten Linde absaßen. Da prasselte es plötzlich im Unterholz und der Eber raste nachtblind auf sie zu. Der Graf stellte sich ihm mutig entgegen, konnte aber dem Ansturm nicht standhalten und wurde auf die Knie gerissen. Sogleich eilte ihm Rembold zuhilfe und drang auf den Keiler ein, doch sein Spieß glitt an einer Rippe des Tiers ab und fuhr dem Grafen in die Seite, dass er tödlich verwundet zu Boden sank.

Von Panik ergriffen warf sich Rembold auf sein Pferd und preschte durch die Nachtschwärze davon. Dabei klagte er laut vor sich hin, untröstlich, weil er nicht nur seinen Onkel, sondern zugleich seinen Wohltäter getötet hatte. All sein bisheriges Glück, so jammerte er, hatte sich in Unheil verwandelt, das er nie wieder würde gut machen können. So dämmerte der Morgen herauf und er gelangte auf eine Waldlichtung, ohne dass er in seinem Kummer den Brunnen dort wahrnahm und ebenso wenig das Mädchen, das dort saß, um sich darin zu spiegeln.

»He, junger Reiter«, sprach ihn die Schöne an, »willst du mich nicht begrüßen, wie es sich hierzulande gehört?« Als er nicht reagierte, glitt sie schlangengleich vom Brunnenrand und ergriff den Zügel, um das Pferd aufzuhalten. »Wenn du ein Ritter bist, dann mach es wie ein wahrer Ritter und steige ab!«

Rembold schreckte auf und sah nun erst, wen er vor sich hatte. Das Mädchen merkte, dass er völlig von Sinnen war, und erkannte die Gelegenheit, ihn, der ihr wie gerufen kam, in ihren Bann zu ziehen. »Sag wenigstens, wie du heißt, ehe du so wortlos an mir vorbeireitest.«

Da seufzte der junge Ritter tief auf, sprang vom Pferd und kniete vor ihr nieder. »Liebe Dame, verzeiht mir meine Unhöflichkeit. Ich heiße Rembold und trage schwer an der Schuld, dass ich den Mann, der mir am nächsten stand, ohne Absicht um sein Leben gebracht habe.«

»Steh auf, Rembold«, erwiderte sie ernsthaft, »da es ohne Vorsatz geschah und du tiefe Reue zeigst, wird dir der Allmächtige verzeihen.«

Ihre Worte nahm er auf wie die eines Engels. »Dich schickt der Himmel«, stammelte er und küsste ihr dankbar die Hände.

Da fasste sich die Schöne ein Herz. »Wenn du dein Glück wiederfinden willst, gibt es einen sicheren Weg.«

»Zeige ihn mir«, rief er wie erlöst, »und ich werde ihm folgen!«

»Nimm mich zur Frau, und dein Schicksal wird sich wenden!«

Überrascht blickte er ihr in die Augen. Hatte er richtig gehört? Was für ein sonderbares Angebot! »Ich kenne dich kaum, weiß nicht, woher du kommst und nicht mal, wie du heißt.«

»Melusine«, gab sie lächelnd Auskunft. »Frag nicht, ob du mich kennst, sondern ob du mich näher kennenlernen willst! Dazu aber musst du mir die Ehe versprechen.«

Da besann sich Rembold nicht länger und zog sie, von ihrer Schönheit und dem Gefühl tiefer Zuneigung überwältigt, in seine Arme.

»Wenn du es ehrlich meinst«, lachte sie freudig, »werde ich dir die beste aller Ehefrauen sein und dir zu Reichtum und Familienglück verhelfen, du wirst deine Zusage nie bereuen.«

Ihre Worte waren Balsam für seine geschundene Seele. Sollte sich sein Schmerz so rasch in das Glück seines Lebens verwandeln? Wie viel Wahrheit auch immer hinter ihren Worten stecken mochte – konnte ihm Schlimmeres widerfahren als das, woran er litt?

»Ja«, rief er laut, »ich bin bereit!«

»Eine Bedingung allerdings musst du erfüllen«, fuhr sie fort. »Ich bin deine liebe Frau und allezeit für dich da.

Nur an jedem Sonnabend darfst du mich nicht sehen, diesen Tag brauche ich für mich selbst, um mir meine schöne Gestalt zu erhalten.«

Rembold wunderte sich über diese befremdliche Forderung. Verfügte sie über magische Kräfte? Doch die Verlockung, an der Seite dieser wunderschönen Frau ein glückliches Leben zu genießen, war so groß, dass er, ohne weitere Fragen zu stellen, einwilligte.

»Du schwörst es?«, drang Melusine erneut in ihn. »Wenn du gegen dieses Gebot verstößt, müsste ich dich auf der Stelle verlassen! Und du würdest nicht nur über uns, sondern auch über unsere Kinder und Kindeskinder großes Unheil bringen.«

Da reckte er die Hand zum Schwur, hob sie auf sein Pferd und ritt mit ihr bangen Herzens zur Burg seines Oheims zurück.

Als er dort ankam, staunte alle Welt, wen er da bei sich hatte, und fragte sich zugleich, wo der alte Graf geblieben sei. Ehe er sich zu einem Geständnis durchgerungen hatte, nahm die schöne Melusine das Wort: »Reitet in den Wald dorthin, wo die alte Linde steht, da liegt er in seinem Blut, von einem wilden Eber niedergestreckt.«

Rembold trat die Schamesröte ins Gesicht und er war schon drauf und dran, der in Wehklagen ausbrechenden Gräfin den wahren Hergang zu eröffnen. Da zog ihn Melusine beiseite.

»Was nützt es, dass du dich schuldig bekennst? Es war nicht dein, sondern Gottes Wille, du trägst keine Schuld. Lass den Dingen ihren Lauf.«

Schweren Herzens folgte er ihrem Rat und enthielt sich jeglicher Beichte. Der Leichnam des Grafen wurde heimgeführt und bei seiner Beerdigung vergoss niemand bitterlichere Tränen als Rembold. Er wusste, dass seine Tage auf dem gräflichen Schloss gezählt waren, und so gab er bekannt, er wolle sich vermählen. So mittellos, staunten die Ritter, und mit einer Braut, die niemand kannte? Ihn selbst beschlichen Bedenken, ob die Voraussage in Erfüllung gehen, ihm der angekündigte Reichtum zufallen werde.

Melusine, die wohl sah, wie Zweifel an ihm nagten, flüsterte ihm zu, er solle sich von der Gräfin eine Mitgift erbitten, und zwar nichts mehr als eine Meile Land rund um den Brunnen, an dem er sie getroffen habe. So tat er, und diesen bescheidenen Wunsch vermochte ihm die trauernde Witwe nicht abzuschlagen. Da nahm er Abschied und ritt mit seiner Braut, wie sie ihn zu tun bat, zu besagter Waldlichtung.

Wie aber gingen ihm, als sie dort anlangten, die Augen über. Dort, wo der Brunnen gestanden hatte, erhob sich jetzt eine prächtige Burg, und der wilde Wald ringsum hatte sich in einen herrlichen Park verwandelt, in dem zwischen alten Bäumen Rothirsche ästen und weiße Hasen sprangen.

Rembold konnte es nicht fassen. »Wie geht das mit rechten Dingen zu?«

Statt zu antworten, nahm ihn Melusine bei der Hand und führte ihn in eine nebenan gelegene Kapelle. »Hier werden wir zu Mann und Frau getraut.«

Als er die Tür zu dem kleinen Gotteshaus aufstieß, fand er darin eine festliche Gesellschaft versammelt, lauter Ritter und Edelfrauen, die er noch nie gesehen hatte.

»Das sind deine neuen Gefolgsleute«, eröffnete ihm Melusine. »Fortan herrschst du über deine eigene Grafschaft, die größte und reichste weit und breit.«

Ein Priester erwartete sie am Altar und vollzog den Tausch der Ringe. Kaum hatte er sie gesegnet, erhob sich das Gefolge und jubelte ihnen zu. Ungläubig bat Rembold seine liebe Frau, ihm dies alles begreiflich zu machen.

»Frag nicht, es geht alles mit rechten Dingen zu und wird unser Glück begründen – wenn du nur an dein Versprechen denkst.«

Da gab er es auf, weiter in sie zu dringen, und schritt mit ihr in den Park hinaus, in dem inzwischen wie von Zauberhand unzählige Zelte errichtet worden waren, um eine Hochzeit auszurichten, wie sie weit und breit noch nie gefeiert worden war. Man setzte sich auf goldenen Sesseln zu Tisch, ließ sich die köstlichsten Speisen auftragen, und den Wein in geschliffenen Pokalen kredenzen. Nach dem Mahl sprangen die Ritter auf ihre Pferde, um sich in einem fröhlichen Turnier zu messen. Die kostbar gewandeten und geschmückten Damen schauten ihnen zu, und keine war schöner anzusehen als die Braut.

Nachts, als das jung vermählte Paar unter seidene Decken schlüpfte, umarmte Melusine ihren Rembold inniglich. »Nun, da du mein lieber Mann bist und nur der Tod uns scheidet, möchte ich dich zum letzten Mal an dein Gelübde erinnern. Frage nie nach meiner Herkunft und achte meinen Wunsch, am Sonnabend für mich zu sein, dann ist unser Glück unvergänglich.«

Das gelobte er ihr erneut und so waren sie in Liebe vereint wie selten ein Paar zuvor.

Die Tage gingen dahin. Längst hatte Rembold seine Burg in Besitz genommen, kannte alle Winkel, auch die Treppe hinab ins Kellergewölbe und zum Brunnengrund, der nun von einer Tür aus Eichenholz gesichert war, hinter der seine Gemahlin des Sonnabends verschwand. Was soll dich das bekümmern, dachte er, wenn nur die Mauern deiner Burg uneinnehmbar sind und du allen Feinden zu trotzen vermagst. Aber da er ein großmütiger Landesherr war, wusste er Frieden mit allen Nachbarn zu halten.

Melusine blieb ihm innig zugetan und wurde nicht müde, ihm in ihren Liebesnächten zu versichern, wie froh sie sei, ihn getroffen zu haben und durch ihn von ihrem bisherigen Dasein erlöst worden zu sein. Kaum ein Jahr nach der Hochzeit wurde dem glücklichen Paar das erste Kind geboren, ein hübscher Knabe, nur dass ihm das Haar wie ein Panzer über den Rücken wuchs. Im Jahr darauf gebar Melusine einen zweiten Sohn, munter und gesund, nur dass seine Zunge etwas gespalten war. Auch der dritte Sohn war wohlgestaltet, nur im Gesicht brennend rot gezeichnet. Und es folgten noch weitere Söhne, alle mit einem auffälligen Mal behaftet, aber sonst ohne Fehl.

Die Jahre vergingen, die Söhne wuchsen zu tüchtigen jungen Rittern heran und taten sich im Dienst anderer Grafen als mutige Kämpfer hervor. Die Brüder waren bald gefeierte Helden, nur der dritte machte durch unritterliches Verhalten von sich reden, indem er manchem besiegten Feind, selbst wenn er am Boden lag, seine Lanze ins Herz stieß. Den Jüngsten der Söhne, taub geboren, zog es nicht in den Kampf, sondern in ein Kloster, wo er nicht müde wurde, den sündhaften Bruder in seine Fürbitte einzuschließen.

Da begab es sich eines Sonnabends, dass der ältere Bruder des Grafen nach Opherdicke kam, um Rembold den Tod des Vaters anzuzeigen. Er wurde würdig empfangen. Als er nach der wegen ihrer Schönheit gerühmten Burgherrin fragte, erfuhr er zu seiner Verwunderung, sie sei wie jeden Sonnabend nicht zu sprechen, er möge sich bis morgen gedulden. Das fand er so absonderlich, dass er Rembold nach der Abendtafel zur Rede stellte.

»Lieber Bruder, wie kannst du dich damit abfinden, nicht zu wissen, was deine Frau des Sonnabends treibt? Weißt du nicht, dass im Volk gemunkelt wird, sie träfe sich heimlich mit einem Liebhaber? Willst du länger hinnehmen, dass sie dich hintergeht?«

Das waren Worte, die wie Gift in Rembolds Herz drangen. Von Argwohn übermannt geriet er in Zorn, ergriff sein Schwert und polterte die Kellertreppe hinab vor die wie immer fest verriegelte Eichentür. Nichts rührte sich dahinter, und da das Schloss seinem Rütteln nicht nachgab, begann er mit der Spitze des Schwertes das Holz aufzubohren, bis ein kleines Guckloch entstand, vor das er sein Auge hielt.

Was er sah, ließ ihm den Atem stocken. Unterhalb, am Grunde des Brunnens, erblickte er Melusine, nackt im Bade. Nein, das war nicht seine Frau, das war ein Weib, dessen Unterleib in einen schlangenartigen schuppigen Schwanz überging, der sich eklig blau-schimmernd im Wasser ringelte. Seine angetraute Frau und Liebste – eine Schlangenfrau, eher Reptil als Mensch! Wie Naga, die im fernen Indien verehrte Schlangengöttin, oder gar Satan, Gottes Widersacher, der in Gestalt der Schlange schon Adam und Eva versucht hatte?

Am ganzen Körper zitternd wankte er nach oben, warf sich auf sein Pferd und sprengte, besinnungslos wie damals nach dem Jagdunfall, durch den Wald. Als er wieder bei Verstand war, wurde ihm bewusst, was geschehen war. Nicht nur, dass er nun die geheimnisvolle Herkunft seiner Frau kannte – schlimmer noch, dass er das Gelübde gebrochen hatte, auf dem sein Glück beruhte. Konnte er das seiner lieben Frau anlasten? Nein, er selbst war es, der Schuld auf sich geladen hatte.

Fieberhaft überlegte er, wie er größeren Schaden abwenden könnte. Niemand durfte erfahren, was er gesehen hatte. Vor allem Melusine nicht, sonst würde sich ihre Prophezeiung erfüllen. Er ritt zurück, glättete seine Züge und trat in den Rittersaal zu seinem Bruder.

»Nun«, sprach der ihn an, »hast du deine Frau endlich zur Rede gestellt?«

Da fuhr Rembold aus der Haut. »Verlasse sofort mein Haus«, herrschte er ihn an. »Hier ist kein Platz für einen Verleumder!«

Als der Bruder ihn derart erregt sah, schwang er sich schleunigst auf sein Pferd und machte, dass er wegkam. Sollte er Melusine Unrecht getan haben?

Rembold, von Selbstzweifeln gequält, flüchtete sich in sein Schlafgemach.

»Unglückseliger, was hast du getan! Warum hast du dich nicht auf dein Gefühl verlassen, dass deine Frau dir in Liebe zugetan ist? Warum hast du deine Seele mit Zweifeln vergiftet? Was ist daran schlimm, dass sie aus dem Geschlecht der Schlangen stammt? Steht nicht selbst Äskulap, der Gott der Heilkunst, mit einer Natter im Bund? Was ist ihr samstägliches Bad anderes als eine Häutung, eine Verjüngungskur, die ihre Schönheit für dich erhält!«

Als der Morgen graute und er noch immer tränenblind dalag, hörte er leise Schritte. Sein Herz hüpfte vor Freude, als sich Melusine zu ihm legte.

»Liebster, was bedrückt dich? Ist es die Trauer um deinen hingeschiedenen Vater?«

Als er diese süßen Worte hörte, atmete er erleichtert auf. Sie schien nicht zu ahnen, dass er sie belauscht hatte. War ihre Gemeinschaft noch einmal gerettet?

»Gestern hast du mir so gefehlt«, flüsterte er und riss sie an sich, glühend vor Liebe.

Natürlich hatte Melusine sein Rumoren vor der Kellertür, sein bohrendes Schwert bemerkt. Aber sollte sie ihm das enthüllen? Aus eigenem Antrieb ihr Glück beenden? Nein, es musste einen Ausweg geben, dem Schicksal zu entfliehen. Wenn er mit seinem geheimen Wissen leben konnte, dann sie auch. Sie umschlang ihn, als wollte sie ihr Glück mit Macht festhalten.

Da wollte es das Schicksal, dass der rotgesichtige Bruder, der durch seine Grausamkeit ins Gerede gekommen war, bei einer seiner Unternehmungen auf das Kloster stieß, in dem sein jüngster Bruder diente. Als er ihn unter den Mönchen erkannte, empörte er sich: »Was vertust du deine Zeit faul und unnütz? Damit gereichst du unserer Familie nicht zur Ehre!«

»Lieber Bruder«, entgegnete der Gerügte, »was ich hier tue, ist von größerem Nutzen, als in den Kampf zu ziehen. Ich bete täglich für das Wohlergehen unserer Familie und besonders für das deine, das du durch dein unritterliches Handeln gefährdest.«

Da packte den Bösewicht ein schlimmer Zorn. Er riss eine Fackel von der Wand und warf sie auf das Strohlager des Bruders, sodass im Handumdrehen das ganze Gebäude lichterloh brannte. Hohnlachend ritt er davon, ohne zu ahnen, dass er nicht nur das Kloster in Schutt und Asche gelegt, sondern zugleich damit den eigenen Bruder zum Tod des Verbrennens verurteilt hatte. In Windeseile verbreitete sich die Nachricht von dieser Untat und drang nach Opherdicke. Als Rembold davon erfuhr, schwang er sich sogleich aufs Pferd, um sich an Ort und Stelle ein Bild zu machen. Die klagenden Mönche hielten nicht hinterm Berg, wer der Mörder seines jüngsten Sohnes war. Schmerzgepeinigt ritt er heim, mit dem Gedanken hadernd, dass es sein eigener Sohn war, der so aus der Art schlug.

Als er grübelnd im Burgsaal saß, kam Melusine mitsamt der Ritterschaft herein, selbst vom Kummer über den Verlust des jüngsten Sohnes erfüllt. »Liebster, ich sehe dich in Trauer und weine mit dir. Was sollen wir tun, um den Übeltäter zu strafen?«

»Warum ist er so böse?«, stöhnte Rembold. »Unser eigen Fleisch und Blut!«

Indem er sich das fragte, trat ihm auf einmal ihre Schlangengestalt vor Augen. War es nicht ihre menschenfremde Herkunft, die diese Bosheit bewirkt hatte, waren nicht alle seine Söhne, nicht allein der Mordbrenner, mit auffälligen Eigenheiten behaftet?

Unbändige Wut erfasste ihn und er brüllte: »Weiche von mir, du Schlange, du weißt selbst, warum er so missraten ist!«

Es wurde still im Saal. Die Männer sahen sich erbleichend an. Was für ein Unheil, der Graf hatte seine liebe Frau eine Schlange genannt!

Melusine starrte ihn an wie einen Wahnsinnigen. »Rembold! Was hast du getan? Nicht ich, du bist die Schlange, die mich verrät und dem Gespött der Leute aussetzt. Treubrüchig bist du geworden. Du weißt, was das bedeutet. Deine vorbehaltlose Liebe war mein einziger Weg in deine Welt. Nun ist die Zeit meines Abschieds gekommen, ich muss dorthin zurückgehen, wo ich einsam bin.«

Ihre Worte fuhren Rembold wie Dolche ins Herz. »Liebste«, stammelte er, »ich weiß nicht, was mein Mund gesprochen hat. Bitte, verzeih mir und bleib!«

»Das steht nicht in meiner Macht«, erwiderte sie traurig. »Ich muss gehen und du wirst mich hier nie wieder sehen in Weibes Gestalt.«

Bei diesen Worten ringelte sich ihr Natterschwanz schillernd unter ihrem Gewand hervor, dass die Ritter entsetzt zurückwichen. Mit schlängelnden Bewegungen glitt sie zum Fenster, wo sie sich auf dem Sims noch einmal umdrehte. »Leb wohl, Liebster, ich verlasse dich mit Schmerzen, behalte mich im Herzen. Lebt wohl, ihr Edelleute, ihr werdet euch an einen neuen Herren gewöhnen müssen.«

Damit stürzte sie sich hinab. Mit einem Aufschrei sprang Rembold zum Fenster, aber als er sich herausbeugte, sah er unten im Schlossgraben nur noch Wellenringe im Wasser. Da rannen ihm die Tränen in Strömen über das Gesicht. Er schlug sich vor die Brust und schwor, nie wieder werde er ein Weib anrühren. Auf der Stelle entsagte er der Herrschaft und gelobte, das niedergebrannte Kloster neu aufzubauen. Dort in Gemeinschaft zu leben, wies er aber von sich, lieber ließ er sich als Einsiedler am Ufer der Ruhr nieder, wo er, wie er hoffte, seiner Melusine nahe wäre.

Hat er sie je wiedergesehen? Einmal, als er kurz vor seinem Tod sehnsuchtsvoll am Fluss saß, wallte das Wasser gewaltig auf, und als er sich vorbeugte, sah er ein Schlangenwesen auftauchen, dessen Haarpracht die seiner Melusine war, auch wenn der geschuppte Körper und der wirbelnde Schwanz in eine andere Welt gehörten. Da wurde ihm warm ums Herz und er legte sich friedlich auf sein Sterbelager. Schloss Opherdicke aber steht noch heute und schenkt uns bei jedem Besuch die Gewissheit, dass es Schönheit gibt, die wir in Ehren halten sollten, auch wenn wir sie nicht zu ergründen vermögen.

4 Beziehungsweisen

Die Liebe

Ich fliege sagt die Jugend
Und verfliegt
Ich blühe sagt die Schönheit
Und verblüht
Ich glühe sagt die Leidenschaft
Und verglüht
Ich liebe sagt die Liebe
Und bleibt.

Aufhebungen

Wer gibt muss begabt sein
Sonst kann er nicht geben
Wer liebt muss gelabt sein
Sonst kann er nicht lieben

Wer heilt muss verletzt sein
Sonst kann er nicht heilen
Wer weilt muss gehetzt sein
Sonst kann er nicht weilen

Wer siegt muss versehrt sein
Sonst kann er nicht siegen
Wer fliegt muss beschwert sein
Sonst kann er nicht fliegen

Wer treibt muss gehemmt sein
Sonst kann er nicht treiben
Wer bleibt muss auch fremd sein
Sonst kann er nicht bleiben

Wer lebt muss geliebt sein
Sonst kann er nicht leben
Wer stirbt muss beschwingt sein
Sonst kann er nicht schweben.

Frauentag

»Hier«, hält er ihr rote Nelken hin. »Heute ist der 8. März.«

Sie verzieht den Mund. »Ach, du hast an den Frauentag gedacht?«

Er nickt beflissen, trinkt seinen Tee aus und steht auf.

»Du weißt, heute Abend ist Vorstandssitzung, ich muss eben noch eine Vorlage stricken.«

Sie zieht die Brauen zusammen und schweigt. Er verschwindet in seinem Arbeitszimmer, hört bald die Rufe der Kinder nicht mehr, versenkt sich in die Stille und seine Arbeit. – Es ist fast sieben Uhr, als er seine letzte Seite fertig hat. Aufatmend kehrt er in die Küche zurück.

Sie guckt finster. »Dein Glück, dass du kommst. Ich war gerade drauf und dran, die Nelken in die Tonne zu pfeffern.«

»Wieso denn?«

»Das fragst du noch?«

Er macht sich klein. »Ich musste doch aber …«

»Und was musste ich? Seit drei Stunden hocke ich hier, Brei füttern, Märchenquartett, Vorlesen – aber der Herr nebenan hat seine Ruhe!«

»Es war doch ein …«

»Ausnahmefall?« Sie lacht grimmig. »Hör auf! Es ist immer so. Du tust, als ob es meine Kinder wären.«

Die fünfjährige Mira mischt sich ein.

»Meckere den armen Papa nicht so an.«

»Armer Papa? Wer hat denn hier die ganze Hausarbeit am Hals?«

»Aber die Mamas von Sandra und Doro machen das alles doch auch allein.«

»Ja, aber die sind Hausfrauen. Ich bin, verdammt noch mal, voll im Beruf, genau wie Papa.«

Betreten guckt er in den Vorgarten hinaus.

»Dann«, schließt Mira, »werde ich später lieber Hausfrau.«

Klar, was aus den Nelken wurde.

Lisa sagt

»Warum sagst du nichts?« Sie greift enttäuscht zur Fernbedienung.

»Bitte«, murmelt er hinter der Zeitung, »wir können uns auch unterhalten. Worüber?«

Sie zuckt die Achseln und schaltet den Fernseher ein. Ihre Züge erhellen sich. Es läuft die Frauensendung *Lisa sagt.* Sie mag die Moderatorin. »Interessant«, sagt sie, »es geht um das Thema *Spätgebären.*«

Er lässt die Zeitung sinken. Eine Frau, um die vierzig, sitzt auf dem Spielplatz und schaut einem kleinen Jungen beim Klettern zu. Nun wendet sie sich der Kamera zu. »Ich hätte nie gedacht, dass es so schön ist, ein Kind zu haben. Philipp hat mein Leben verändert.« Schnitt.

Sie spürt seinen Seitenblick. »Was ist?«

»Ich habe nichts gesagt.«

»Warum guckst du so kritisch?«

»Wieso kritisch? Ich fand den Satz schön.« Weil sie nicht reagiert, fügt er trocken hinzu: »Ich heiße Philipp.«

Sie lacht. »Sicher, du hast mein Leben verändert. Wolltest du das hören?«

Er starrt schweigend auf die Mattscheibe. Lisa, ganz in Pink und Lila, spricht den Abspann in die Kamera. »Lisa sagt – nein, Lisa würde gerne sagen: Frauen über vierzig, traut euch! Doch das wäre nicht ehrlich. Ich habe selbst kein Kind. Dabei stimmt alles: Ich habe einen supernetten Partner und möchte liebend gerne. Aber es will einfach nicht klappen. Also sage ich heute: Lisa drückt uns, Ihnen und mir, die Daumen!«

»Sich!«, knurrt er. Da sie ihn verständnislos ansieht, wiederholt er: »Lisa drückt *sich* die Daumen.«

Sie schaltet das Gerät aus. » Hauptsache, sie hat recht.«

»Hat sie eben nicht.«

»Ich meine nicht die Grammatik. Zum Spätgebären gehört Mut, oder?«

»Chacun à son goût.« Genüsslich hält er sein Weinglas ins Licht.

»Die Franzosen haben mehr Kinder als wir«, meint sie.

»Was willst du damit sagen?«

»Du hast doch gerade Französisch gesprochen.«

»Das war ein Zitat. Jeder soll auf seine Weise glücklich werden.«

Sie sieht ihn herausfordernd an. »Und? Bist du glücklich?«

Abrupt stellt er sein Glas ab. »Was soll die Frage?«

Statt zu antworten, steht sie auf und räkelt sich. Wozu jetzt diskutieren. Lisa drückt dir die Daumen. Dir, sich – uns. Sie zieht den hochgerutschten Pulli runter. Es ist Zeit, schlafen zu gehen. Sie gähnt augenfällig. »Was denkst du?«

Er blickt zu ihr hoch. Ihre Haare flammen im Licht der Stehlampe. In ein paar Wochen wird sie vierzig, hat sich gut gehalten. »Vierzig – das ist kein Alter.«

»Danke.« Sie lächelt herausfordernd. »Lisa drückt uns die Daumen.«

Er schüttelt den Kopf.

»Mir nicht. Das war eine Frauensendung.«

Sie stöpselt die Flasche zu. »Kommst du?«

»Gleich.« Er zieht den Korken wieder heraus und schenkt sich ein.

Gleich, wie immer.

Sonntag im Park

»Lass uns nach Bladenhorst fahren!«
Die Amsel flötet zum Fenster herein, vor dem Rosen ihre roten Köpfe wiegen – was ist an so einem Tag gegen diesen Vorschlag einzuwenden? Dennoch mustert mich Ben, als hätte ich ihm eine zweifelhafte Offerte gemacht. Am Wochenende, wenn er bei mir schläft, pflegen wir das Frühstück weidlich zu genießen. Warum, denkt er jetzt sicher, heute dieser Tatendrang? Ich kenne diesen Blick, mit dem er sich gegen meine gute Laune zu wappnen sucht.

»Bladenhorst?«, fragt er gedehnt. »Was gibt es dort zu sehen?«

»Das Wasserschloss. Hast du noch nie davon gehört?«

»Ich kenne nur die Autobahnabfahrt, Bladenhorst!« Er spuckt den Namen aus wie ein altes Kaugummi.

»Ich meine nicht den Ort, sondern das Schloss und den Park.«

»Auf abgezirkelten Wegen zwischen Rosen und Rhododendren lustwandeln?« Er sieht aus, als sei er von Zahnschmerzen gepeinigt.

»Lass dich überraschen«, locke ich, »Kultur vereint mit Natur.«

Allmählich steigt Ärger in mir auf. Empfiehlt der Ruhrgebietsführer nicht den weitläufigen *Emscher-Park*? Was hat er gegen den Vorschlag? Jedem Mannsbild würde er blindlings folgen. Ach was, verdirb dir den Sonntag nicht mit einer Gender-Diskussion! Pfeifend stehe ich auf, um den Tisch abzuräumen. Dann hole ich meine bequemen Wanderschuhe hervor.

»Gehen wir auf eine Treckingtour?«, grinst er spöttisch.

Ich klingele mit den Autoschlüsseln, im Wagen kann er mir nicht mehr entkommen.

Der Verkehr auf der Autobahn ist überschaubar, bereits nach einer halben Stunde erreichen wir besagte Abfahrt, an der es, zu meiner Genugtuung, ein Hinweisschild *Schloss Bladenhorst* gibt. Wenige Minuten später biegen wir auf den Parkplatz ein. Vor uns liegt eine ansehnliche Wasserburg, mit Rundtürmen an den Ecken und, wie es sich in Westfalen gehört, einer Gräfte drumherum. Über eine Brücke geht es auf das wehrhafte Torhaus zu. Das schwere Tor ist geöffnet, ein Schild warnt allerdings: *Privatbesitz. Keine Besichtigung.*

Für Ben kein Hindernis. »Schauen wir mal, wie es drinnen aussieht.«

Ich folge ihm zögernd durch das dickwandige Gemäuer in den Innenhof, wo wir einen Herrn aufscheuchen, der auf einer Liege in der Sonne döst. Ich will mich diskret zurückziehen, doch Ben grüßt salopp und lässt ohne Umstände die Frage folgen, ob er, der Sonnengenießer, der Schlossherr sei. Der bejaht fidel und fügt hinzu, mit dem Namen eines Freiherrn könne er freilich nicht aufwarten, er heiße Wagenbach und habe das Anwesen von der örtlichen Sparkasse erstanden. Einem Adligen habe es seit Langem nicht mehr gehört, das Geschlecht sei im Mittelalter ausgestorben, nur das Torhaus stamme noch aus der Zeit.

Ich merke, wie es in Ben arbeitet. Schon kommt er mit der Frage, ob er, der neue Besitzer, das weitläufige Anwesen mit seiner Familie allein bewohne. Nein, lacht er, er habe das Objekt nur erworben, um es in Gestalt von Eigentums- oder Mietwohnungen zu vermarkten, zwei seien noch frei. »Interessieren Sie sich dafür?«

Eine Frage, die mich aufhorchen lässt. Gespannt sehe ich Ben an. Er kraust unwillig die Stirn. »Danke, nein. Wir sind nicht von hier.«

Warum sagt er nicht: Wir sind kein Paar? Ach, Ben! Ob es mir je gelingt, dir Solitär das Familienleben schmackhaft zu machen?

»Wenn es ein Schloss ist«, wechsele ich das Thema, »müsste es auch einen Park geben.«

Der Besitzer schaut mich etwas ratlos an. Nicht, dass er wüsste.

»Vielen Dank für Ihre Auskünfte!« Eilends ziehe ich Ben auf die Torbrücke zurück. Hat mich der Wanderführer etwa auf eine falsche Fährte gelockt?

»Was ist nun?«, brummelt er. »Hast du nicht von einem Park gesprochen?«

»Sicher«, murmele ich ausweichend, »ich meine den Emscher-Park, lass dich überraschen.«

Entschlossen schlage ich den Fahrweg ein, der auf einen Wald zuläuft und von einem Bach begleitet wird, das sieht recht einladend aus. Ben folgt mir mit skeptischer Miene. Wir schreiten eine Weile schweigend aus. Als der Weg vom Bach abknickt, kommen uns zwei Kinder entgegen, für Ben eine Gelegenheit, sich zu vergewissern, wohin der Weg führe.

»Zur Rütgers-Siedlung.«

»Rütgers?«, wiederholt er ungläubig. Eine Sektkellerei ist kaum zu erwarten.

»Die Fabrik«, informiert ihn der Junge knapp.

»Die machen Teer aus Kohle«, ergänzt das Mädchen.

Bens Gesichtsausdruck zeigt, was er denkt: Fabrik, Teer, Kohle – was für ein prachtvolles Naturidyll!

»Ist das die Emscher?« Er weist auf den Bach.

Der Junge schüttelt den Kopf, als habe er es mit Analphabeten zu tun. »Nein, der Salzbach! Die Emscher fließt auf der anderen Seite des Hafens.«

»Es gibt einen Hafen?«, horche ich auf.

Ja, nickt das Mädchen, wir müssten nur dem Bach folgen.

»Durch die Sperre?«, vergewissere ich mich. Die Kleine nickt. »Auf zum Hafen!«, ermuntere ich Ben.

»Ich denke, du wolltest in den Park.« Wieder dieses perfide Grinsen.

»Park mit Wasser, der Emscher-Park ist eben eine Landschaft mit Gewässern.«

Das Tor, das den Trampelpfad längs des Baches versperrt, lässt sich leicht öffnen. Wir laufen durch frisch gemähtes Gras. Im Wald ruft ein Kuckuck.

Ben spitzt die Ohren. »Er sucht ein Weibchen, klingt fast wie ein Hilfeschrei.« Was will er damit sagen? Ich erwidere seinen lauernden Blick nicht.

Der Weg stößt auf einen Damm, wir klimmen hoch und landen vor verrosteten Bahngleisen. Wir überqueren sie, Kohlenstaub aufwirbelnd, und steuern auf einen Entladekran zu. *Kontor Victor* steht an dem Gebäude daneben. Ist das der Hafen? Ben schaut mich an, als erwarte er einen wüsten Fluch.

Ich lasse mir nichts anmerken. »Komm zum Wasser!«

Am Kai liegt ein mit Kohle beladener Frachtkahn vertäut.

»Fabelhaft!«, höhnt Ben. »Park mit Kohle und Kanal.«

»Natur pur!« Strahlend zeige ich auf eine Gruppe Nilgänse, die seitlich ins Wasser gleitet. »Gehen wir ein bisschen am Wasser entlang?«

»Immer der Spundwand nach.« Er gibt sich keine Mühe, sein Unbehagen zu unterdrücken.

Wir stapfen durch das hohe Ufergras. Eine Entenmutter mit Küken im Schlepptau zieht ihre Bahn. Vom Radweg gegenüber winken Radler. Die Sonne beginnt zu stechen. Der Pfad wird schmaler. Unversehens stoßen wir auf eine Gruppe Mädchen, die auf einer Decke lagern, alle im knappen Bikini. Bens Züge erhellen sich.

»Ihr habt euch ja ein hübsches Plätzchen ausgesucht!«, spielt er den Kuckuck. »Sonnt ihr euch nur oder kann man hier auch schwimmen?«

Klar würden sie auch baden, versichern sie unisono, das Wasser sei total sauber. Womöglich juckt es ihn, das in ihrer Gesellschaft überprüfen. Schnell ziehe ich ihn am Ärmel. »Wollen wir zurück?«

Missmutig stiefelt er hinter mir her, denselben Pfad zurück, bis wir am Kran wieder zum Salzbach hinuntersteigen. Halbwüchsige kommen uns entgegen, eine gemischte Truppe, auch ein Afrikaner darunter. Sie grüßen höflich.

»Die gehören sicher zu den Schönen im Grasnest«, mutmaßt Ben.

Als sich im selben Moment der Kuckuck meldet, legt er mir, wie auf Kommando, den Arm um. Endlich scheint er dem Ausflug etwas Erfreuliches abzugewinnen. Am Tor erreichen wir den Hauptweg. Rechterhand lugen über dem Wald die Spitzen der Schlosstürme hervor.

»Nehmen wir eine Abkürzung?« Ich zeige auf den Pfad, der in das Gehölz hineinführt.

Er beginnt malerisch zwischen hochstämmigen Bäumen, wird bald schmaler und krautiger, quert feuchte Gräben, in denen Sumpflilien leuchten. Plötzlich erschreckt uns ein Prasseln, unmittelbar vor uns schießt ein Rehbock aus dem Dickicht. Kein Wunder, dass er sich hier sicher fühlt, der Weg verläuft sich in einer modrigen Niederung, der Boden beginnt unter jedem Tritt zu quatschen. Ratlos bleiben wir stehen.

Ben guckt verdrießlich auf seine verschlammten Turnschuhe. »Scheißweg!«

Ich setzte meine heiterste Miene auf. »Wolltest du nicht auf anderen als abgezirkelten Wegen gehen?«

Lachend umarmen wir uns. So gefällt mir der Tag, und auch Ben ist es jetzt zufrieden, erst recht, als wir wieder trockenen Grund unter den Füßen haben. Eng umschlungen kehren wir zum Parkplatz zurück, wo sich inzwischen im Schatten der Bäume Familien zum Picknick niedergelassen haben.

»Wie bist du eigentlich auf Bladenhorst gekommen?«, fragt er.

»Durch diesen Herrn Wagenbach und seine Wohnungsanzeige. Wäre das nichts für uns?«

Mariä Empfängnis

Sie treten aus dem Haus. Marie wirft den Kopf zur Seite, dass ihre Haare fliegen und in der tiefstehenden Sonne rot aufflammen.

»Gut siehst du aus«, freut er sich und fasst sie um die Hüfte. »Wo gehen wir hin?«

»Auf den Spielplatz am Wald«, verkündet sie selbstgewiss.

»Ah«, strahlt er, »meine Maus will spielen!« Dabei fährt er ihr mit der Hand in die Hose, die an der Hüfte unter der engen Jacke einen Spalt breit nackte Haut freigibt.

»Quatsch! Viel zu kalt.«

»Warum sonst ausgerechnet dahin?«

»Wir müssen reden, dort sind wir ungestört.«

»Palavern – was ihr Weiber immer damit habt!«

»Ich meine es ernst. Wir haben was zu klären.«

»Dann los. Für Proviant ist gesorgt.« Er klopft auf seinen Rucksack, in dem es klirrt.

»Musst du soviel Bier mitnehmen?!«

»Komm mir jetzt nicht mit einer Predigt.« Er schiebt sie energisch auf den Gehsteig.

Schweigend trotten sie die Straße hinunter. Merkt er nichts, fragt sie sich, er muss doch meinen Kummer spüren. Eigentlich hat Mama recht. Was willst du mit dem, schimpft sie, der passt nicht zu dir, für den bist du viel zu schade, mach endlich Schluss! Sieh zu, dass du dein Abi machst, und geh studieren.

Sie schaut ihn verstohlen von der Seite an. Ein richtiger Mann, kräftig gebaut und immer gut drauf. *Steineklopper* nennt ihn Mama, als ob Steinmetz kein ordentlicher Beruf wäre! Nein, er ist in Ordnung. Vielleicht ein bisschen derb. Tatscht mich an, wo wir gehen und stehen. Nennt mich vor allen Leuten *Maus*, als ob ich sein Spieltier wäre.

»Hast du was, Maus?« Er nimmt den Arm von ihrer Schulter.

»Nein, wieso?« Sie hakt sich bei ihm ein.

Mach dich nicht verrückt, Hauptsache, er steht zu dir. Schon der 8. Dezember heute! Höchste Zeit, es ihm beizubringen. Aber wie? Er reagiert bestimmt wie ein Stier auf das rote Tuch. Sie fröstelt. Seine Nähe tut gut. Sie erreichen den Spielplatz am Ortsrand, dunkel und verlassen liegt er da, welke Blätter sind zu braunen Haufen zusammengeweht, im Sandkasten zerknüllte Pizzapappen. Sie setzen sich in das kleine Karussell. Er stellt den Rucksack ab und beginnt, wild an der Schwungscheibe zu drehen.

»Lass, Jojo«, bittet sie, »mir wird schwindelig.«

»Schön«, lacht er, »Schmetterlinge im Bauch!«

»Hör auf!« Der schrille Klang ihrer Stimme irritiert ihn, er bremst.

»Wie bist du denn drauf? Hast du deine Tage?«

»Schön wär's!«

Sie steigen ab. Er streicht ihr übers Haar. »Tschuldigung!« Holt eine Flasche heraus und hebelt den Kronkorken an der Kante der Sitzfläche ab. »Willst du auch?«

»Jojo!« Sie versucht sanft zu klingen.

Er streckt seine Hand nach ihr aus. »Komm auf die Schaukel!«.

Widerstrebend lässt sie sich hinziehen. Er springt auf das Sitzbrett und klopft mit der freien Hand einladend auf seinen Schoß. »Kleine Probe gefällig?«

»Probe?« Neugierig steigt sie auf.

Er setzt die Bierflasche neben sich in den Sand und beginnt, Schwung zu nehmen.

»Halt dich fest!« Kraftvoll wirft er die Beine nach vorn.

Sie klammert sich ängstlich an seine muskulösen Arme. »Nicht so hoch!«

»Wenn ich sage ›*Jetzt*‹, lass ich los und wir fliegen!«

»Bist du verrückt?«

»Nein, verliebt«, lacht er und stößt vorwärts in die schwarze Front der Bäume. »Wir bleiben zusammen, bis dass der Tod uns scheidet!«

»Lass mich sofort herunter!«

»Und – *Jetzt!*« Sie schießen nach vorn. Kurzer Sturzflug, dann der Aufschlag im Sand, er unter ihr, ohne sie loszulassen. Atem holen zum Protestschrei – da kommt das Schaukelbrett zurückgeflogen und trifft sie am Kopf, dass sie aufheult vor Schmerz.

Erschrocken zieht er sie hoch. »Maus! Hast du dir weh getan?«

»Blöde Frage!« Sie fasst nach der Stelle, an der sie warmes Blut fühlt. Er schiebt ihre Finger beiseite und drückt einen Kuss auf die Wunde. »Scheißschaukel!«

»Scheißspiel!«

»Scheißschaukel.« Er nimmt beide Ketten und wirft das Brett über den Querbalken. »Die tut niemandem mehr weh.«

»Lass uns nach Hause gehen.«

»Wenn's sein muss.« Er greift nach ihrer Hüfte.

»Bald ist Weihnachten«, sagt sie leise, »was wünschst du dir?«

»Nichts, ich hab doch dich, Maus.«

Laub raschelt unter ihren Schritten. Auf einmal bleibt sie stehen. »Guck mal, ein Igel.«

Sie beugt sich herab. »Süß! Den müssen wir mit nach Hause nehmen, sonst erfriert er.«

»Du hast sie doch nicht alle. Wenn er jetzt noch rumläuft, ist er ein echter Loser.« Er stampft so heftig neben auf, dass sich der kleine Stachelkerl verängstigt einrollt.

»Bist du besoffen?!«, fährt sie ihn an. »Du machst ihm Angst.«

»Ist doch nur Spaß«, lacht er und kickt ihn wie einen Ball mit der Stiefelspitze ins Gebüsch.

»Du brutaler Steineklopper!«, schreit sie, schubst ihn zur Seite und stürmt den Weg zurück.

An der Schaukel hat er sie eingeholt, reißt sie zu sich herum und zischt: »Das sagst du nicht noch mal!«

»Ich sag noch ganz was anderes!«

Er hebt die Hand wie zum Schlag.

»Falls du's hören willst – ich bin schwanger!« Er lässt die Hand sinken. Es ist einen Augenblick totenstill. »Los, Jojo, sag's schon«, zischt sie.

»Was?«

»Dass ich es wegmachen lassen soll.«

Er tritt heftig gegen die Bierflasche im Sand. Sie hält den Atem an.

»Mein Kind?« Er reißt sie in die Arme. »Unser Kind, Marie!«

5 Altersträume

Nur geborgt

Wenn am Begräbnistag alle Rosenblätter
verstreut die Tränen versiegt die Tassen
geleert sind und die bange Frage aufsteht
wer der Nächste sei – trittst du ins Freie
berauscht von der Ahnung dass das Leben
dir nur geborgt ist auf Zeit es zu lieben.

Wenn du gehst

Wenn du gehst lass etwas hier
Sei's ein Rosenduft ein Kuss
Lieben Gruß auf Briefpapier
Lieber noch dein frohes Lachen

Wenn du gehst bleibst du bei mir
Unsichtbar am Himmelszelt
Und du weißt ich bin bei dir
Blick ich aufwärts zu den Sternen

Wenn du gehst geht unser Wir
Doch ich bleibe nur auf Zeit
Steh gerüstet schon am Pier:
Tod ist immer ein Beginnen.

Gedenkstein

Missmutig trolle ich mich, weil meine Frau den Wagen braucht, zu Fuß aus dem Haus und eile – es wird höchste Zeit – der Bushaltestelle entgegen. Schon höre ich ihn heranbrummen, beschleunige die Schritte, haste um die Ecke, da ist er, ich renne und winke, er muss mich ja sehen – und fährt doch weiter. Was ist das für ein Bus, der für alle hält, nur nicht für mich?! Ich zische ein »Verdammt!« in den Nieselregen und bohre wütend die Hände in die Taschen. Fühle einen flachen Stein, den ich erbost hervorreiße und dem davonratternden Vehikel hinterherschleudere.

Peng!, prallt er auf die Fahrbahn und zerspringt in zwei Teile. Um Himmels Willen! Was hast du getan? Es ist nicht irgendeine Stein, sondern der, den du jüngst am Grab der Großmutter eingesteckt hast, ein Stück von ihrer Namenstafel, das dich seither wie ein Talisman begleitet hat. Du musst es unbedingt zurückholen! Ich laufe los, aber bevor ich die Stelle erreiche, kommt ein alter Mann auf die Straße gehinkt, hebt beide Stücke auf, hält sie prüfend vor die Augen und steckt sie ein.

»Warten Sie!«, rufe ich.

Ungerührt – vielleicht ist er schwerhörig – eilt er zurück, um in einer Einfahrt zu verschwinden. Ich stürze hinterher und stehe vor drei Haustüren. Die mittlere kann es nicht sein, dahinter bellt ein einsamer Hund, also klingle ich an der linken, eine Frau im Kittel öffnet. Ob hier, frage ich grußlos, der hinkende Alte wohne. Die Frau gafft mich scheel an.

»Der Golem? Nebenan!«, und zieht eilig die Tür zu. Ist das etwa sein richtiger Name? Ein Schild sehe ich nicht. In dem Moment steckt der Alte den Kopf heraus.

»Bitte!«, springe ich zu ihm hin, »haben Sie nicht soeben auf der Straße zwei Scherben aufgehoben?«

Er glotzt mich misstrauisch an. »Ist das etwa verboten?«

»Natürlich nicht«, entgegne ich in seidigem Ton, »es ist nur so: Sie gehören mir.«

»Jetzt nicht mehr«, erwidert er mürrisch, »ich habe gesehen, wie Sie sie weggeworfen haben.«

»Ein Missverständnis«, stammle ich, »ich wollte sie nicht los sein.«

»Wer etwas wegwirft, will es nicht mehr haben. Ich hingegen«, er öffnet vorsichtig die Hand, die sie umschließt, »finde diese Stücke aufhebenswert.«

»Auch ich hänge an ihnen«, bettle ich, »sie sind vom Grab meiner Großmutter.«

Er mustert mich argwöhnisch. »Dann hätten Sie sie niemals wegwerfen dürfen.«

»Ich weiß, aber ich tat es aus Erregung, weil mir der Bus vor der Nase weggefahren ist.«

»Das soll ein Grund sein? Wie teuer sind Ihnen die Scherben denn?«

Ich ziehe meine Geldbörse und einen Fünfeuroschein hervor.

»Was«, verlacht er mich, »mehr ist sie Ihnen nicht wert, Ihre teure Ahne?«

Da steigt mir die Zornesröte ins Gesicht. »Stecken Sie sich die Scherben sonstwohin!«

»Sehen Sie«, höhnt er, »eigentlich haben Sie sie nicht gewollt.« Und schlägt die Tür zu.

Erfüllungsstunde

Nachmittag im August: Du liegst hingestreckt auf dem Rasen, zerschlagen, weil du im Garten gewirkt hast, Herz und Rücken schmerzen, nichts regt sich, aus der Ferne dringen Stimmen heran, Nachbarn, die auf der Terrasse plaudernd Kaffee trinken, da kommt die Katze gesprungen und drückt sich leise maunzend an dich, dass dir wohler wird, die Schmerzen nachlassen. Jetzt auf die andere Seite drehen, dem Sonnenlicht entgegen, das fein gefiltert durch die Zweige des Apfelbaums fällt? Nein, du würdest die sanfte Stille des Augenblicks stören, bleib lieber unbeweglich auf dem Rücken liegen, als wäre es für immer. Immer? Dann lägst du nicht auf, sondern unter dem Rasen. Rasen! Hast du je Gräser auf einem gepflegten Grab gesehen, meist nur tristes Topfgrün, neuerdings öfter noch weißer Kies, weder Wildrosen noch Sommerflieder lässt die Friedhofsordnung zu, noch weniger Holunder – *Ringel, Ringel, Reihe, sind der Kinder dreie, sitzen unterm Holderbusch, machen alle husch, husch, husch,* das könnte dir gefallen, aber das musst du den Nachfahren überlassen, sie werden es richten.

Wie laut die Katze schnurrt, ihr gefällt die Stille, also bleib noch ein bisschen liegen. Wie das zieht in der Brust! Wenn du jetzt stürbest, im August, hätten sie es leicht mit dir, anders als im November, wenn Regen in ihre Kragen rinnt, oder gar im Januar, wenn ihnen

Frost unter den schwarzen Mantel kriecht – *Einsamer nie als im August,* ist das nicht von Benn? *Doch wo ist deiner Gärten Lust?* Wo anders als im Garten hier, Seite an Seite mit all den anderen Alten, die tagaus tagein den Rasen stutzen, den kühlen Rasen, der sie einst decken, das ungeliebte Gras, in das sie beißen werden. Oh Lust, lebendig auf dem Rasen zu liegen! Lust statt Last des Rasens. Da brummt nebenan ein Rasenmäher los, die Katze springt beleidigt davon, gut, jetzt kannst du dich umdrehen, der Sonne zu, sieh, wie die Staubkörnchen auf den Strahlen tanzen. Staub zu Staub? Nein, erst noch die Äpfel pflücken.

Leibeslust

Kord liegt keuchend auf der Streckbank und starrt zur Decke. Unerreichbar hoch über ihm zittert das Zugband des Deckenventilators. Kein Luftzug draußen, aber der Quirl steht still – ist Frank, der Foltergott in Weiß, von allen guten Geistern verlassen? Nicht einmal der Notausgang geöffnet! Kord schließt die Augen und spürt das Blut in den Schläfen pochen. Abgekämpft lässt er sich von der Bank rollen, fast hätte er die Plastikpalme umgerissen. Fertig mit *Crunchen*! Schreckliches Wort! Heißt es nicht *Knirschen*? Prompt meldet sich der Lendenwirbel, jetzt, da ihm die schlimmste Prozedur bevorsteht, das Oberkörperheben.

Stöhnend hievt er sich in die Knielage und beginnt mit dem Zeremoniell der Unterwerfung, beugt sich tief über die Bruststütze nach unten, um sich einatmend aufzurichten. Nach dem zehnten Mal hält er inne, um eine kitzelnde Schweißperle von der Stirn zu wischen. Matt hebt er den Blick zur Gluteusmaschine, da blitzt es grell-pink vor ihm auf. Die markante Trikotfarbe, die rhythmisch an- und abschwellende Porundung, das Braun der angespannten Schenkel – Kord kann für Sekunden kein Auge abwenden. Plötzlich bricht das Muskelspiel ab und die bäuchlings Kämpfende richtet sich auf. Kord registriert dunkelrotes Haar, ehe er sich wie ein ertappter Dieb wieder dem Fußboden entgegenbeugt. Bei achtzehn beschließt er, das Ritual abzubrechen.

Mühsam stemmt er sich hoch, nicht ohne auf dem Weg zum Trizeps-Turm unauffällig der Pinkfarbenen nachzuäugen. *Killer of Jump* liest er auf dem Rücken des Trikots. Was immer das Motto besagt, es lässt auf Selbstbewusstsein schließen. Auf einmal dreht sie sich um, öffnet ihren mohnroten Mund und lächelt ihn an. Er murmelt ein verlegenes »Hallo.« Wie einfallslos, ärgert er sich, warum fragst du sie nicht nach dem Killer-Motto? Schon sind sie aneinander vorbei. Guckt sie ihm nach? Nicht mehr der Jüngste, würde sie denken. Komm, Alter, häng dich ans Gerät, deine Muskeln interessieren sie nicht.

Schnaufend reißt er die vierzig Kilo hoch, die Augen starr auf die Maschine gerichtet, das Firmenschild des Herstellers *Gottlob aus Grab*, nicht gerade ein erheiternder Name. Erschöpft lässt er die Griffe fahren, dass die Gewichte klirrend aufschlagen. Als Nächstes dräut das Bizepsgerät, doch es ist besetzt, ein kahlrasierter Hüne hantiert mit dem Maximalgewicht und lässt seine Melonenmuskeln spielen. Kord verspürt Durst. Du solltest dir einen Drink genehmigen. Da hält der Muskelmann inne, wischt sich stöhnend mit dem Handtuch den Schweiß vom Körper und gibt mit aufmunterndem Grinsen das Gerät frei. Okay, reiß dich zusammen und zieh das Programm durch. Er stellt die Gewichte um die Hälfte zurück und legt sich in die Zugseile.

Von der Theke, wo Frank Apfelschorle ausschenkt, tönt Gelächter herüber. Angesichts der Temperatur hat sich die Mehrzahl der Fitnessfreunde dorthin geflüchtet, auch sie hält ein Glas in der Hand, der *Killer of Jump*. Die Diskomusik wird lauter gedreht, *Zeig mal deine Möpse, die würd' ich gerne sehn*. Kord drückt, was sein Bizeps hergibt. Beim zehnten Mal presst er mit den Gewichten einen Pfeifton aus den Lungen und hält inne. Ob die mollige Blondine neben ihm sein Japsen gehört hat? Nein, sie liegt selbst wie gekreuzigt, ihr Busen mit der Parole *Do it* hebt und senkt sich heftig. Eine Mischung aus Schweiß und Körperspray weht herüber. Als sie seinen Blick bemerkt, richtet sie sich mit einem reizenden Lächeln auf und beginnt, laut mitzusingen: *Komm auf meine Umlaufbahn, wir fangen ganz von vorne an*. Woher sie den Text dieser Neuplatzierung kennt?

Seine nächste Station ist die Schrägbank. Er umklammert die Metallgriffe, holt tief Luft und nähert sich dem Druckpunkt, indem er die Neonröhren am Gipsplattenhimmel zählt. Zwölf, nein elf, eine ist ausgefallen. Ist das die Art Erleuchtung, für die es sich lohnt, fast sechzig Jahre alt zu werden? Er schluckt seinen Speichel herunter und drückt, bis er seinen Herzmuskel zucken spürt.

Da hört er eine weibliche Stimme fragen: »Wer ist das – Katrin Krabbe?«

Er liegt wie ein Fisch zum Ausnehmen, und über ihm lächelnd – sie. Von schräg unten hoch blickt er in sprühend grüne Augen. Mitte zwanzig mag sie sein, wie alt ist inzwischen wohl die frühere DDR-Laufgöttin, deren Abbild du auf dem T-Shirt trägst, eine Trophäe aus der Wendezeit? Er erhebt sich, ein Ächzen unterdrückend.

»So ein Sprintass aus Ostdeutschland.«

»Kenn ich nicht«, lacht sie und wendet ihm den *Killer of Jump*-Rücken zu.

Er stößt den Atem aus. Wie stickig-heiß es ist! Zeit, den Trainingsabend zu beenden. Er sieht sich nach einem freien Ergometer um und wählt das in der Ecke, von dem aus man die Halle im Blick hat. Er rückt sich den Sattel zurecht, legt das Handtuch über den Lenker und stellt die Wattzahl auf 100. Missmutig müht er sich, die Werte auf der Anzeige höher zu treiben. Wie durch eine Wand dringen Gesprächsfetzen an sein Ohr, die strampelnden Kraftpakete neben ihm setzen Borussia gegen Schalke, Audi gegen BMW.

Ihn interessiert die Farbe Pink, die vom Butterfly-Gerät herüberblinkt. *Butterfly Butterfly*, summt eine vergrabene Melodie in ihm. Vergiss den Schlager, der ist aus den Siebzigern, deinen Jahren. Jetzt winkt sie, meint sie ihn? Kord und der Killer, was für eine Vision! Warum nicht, sind Visionen nicht Inbegriff des Menschseins? Tiere haben bloß Instinkte. Erste Schweißtropfen klatschen auf die Maschine. Gleich hat er es geschafft!

»Na, Kord«, ruft Frank herüber, »Puddingbeine heute? Kein Wunder bei der Hitze, da schmeckt das Bier danach um so besser.«

Vor Kords Auge wächst ein Kronenbier in die Höhe und ein zweites, das ein Arm in Pink an den lachenden Mund hebt. Wie sie wohl heißt, Claudia vielleicht oder Tina? Wie beginnt man ein Gespräch? Mit »Wie heißen Sie?« Ach was, in Sportlerkreisen sagt man *du*! Der Piepton des Geräts signalisiert das Ende seiner Qual, genau zum richtigen Zeitpunkt, sie steuert geradewegs auf ihn zu. Er trocknet sich eilig den Schweiß von der Stirn und steigt ab.

»Fertig, Mischelle?«

Der Junge neben ihm schwingt sich ebenfalls vom Rad und gibt ihr einen Klaps auf den Po, *The Killer of Jump*.

6 Kinderwünsche

Kinder fragen

Warum fällt der Mond nicht auf die Erde
Warum hat der Mensch die Nase vorn
Warum lieben die Mongolen Pferde
Warum hat das Einhorn nur ein Horn?

Warum kann ein Großraumflugzeug fliegen
Warum schwimmen Öltanker aus Stahl
Warum müssen Jungen immer siegen
Warum ist Dreizehn eine Unglückszahl?

Warum schläft das Murmeltier im Winter
Warum ist der Buckelwal kein Fisch
Warum kriegen Käfer keine Kinder
Warum kocht das Wasser mit Gezisch?

Lauter Fragen auf die jeden Morgen
Jedes Kind die Antwort finden mag.
Eine Antwort nur bleibt uns verborgen:
Was bringt uns der neue Tag?

Fundevogel

Vater kaufte mir als Kind
auf der Kirmes eine Tröte
lockte einen Ton hervor
wehevoll wie Abendröte
hab ihn lebenslang im Ohr.

Fühle mich als Findelkind
so bewahrt wie Fundevogel
blas und spüre wie ich flieg
leichthin über jeden Kogel
über Not und Nacht und Krieg.

Stehe oft im Sommerwind
hör von fernher sein Getute
wie es in den Wipfeln klingt
ach wie wird mir weh zumute
ob mein Sehnen zu ihm dringt?

Bin längst taub und farbenblind
kann nicht eine Feder sehen
hör den Fundevogel kaum
hoffe nur er hört mein Flehen.
Spür er sitzt da auf dem Baum.

Fundevogel Federwicht
birg dich nicht im Gegenlicht
Bitte sehr verlass mich nicht
so verlass ich dich auch nicht
nun und nimmermehr.

Wie Karo zu Lina kam

Kennt ihr den Uppenberg-Hof? Er heißt so, weil er auf einem Berg liegt, genau genommen ist es kein Berg, nicht mal ein Hügel, doch dass es bergauf geht, merkt man, wenn man mit dem Fahrrad hinfährt. Dort wohnt Karolina, Karo genannt. Sie ist sechs Jahre alt, geht in die erste Klasse und kann schon den Buchstaben ›O‹ schreiben, mit einem Schweinchenkringel dran. Karos Papa heißt Gustav. Eigentlich ist er Milchbauer, das heißt, er hält Kühe, die Milch geben. Weil Milch nicht genug Geld einbringt, hat er sich Gedanken gemacht. Zum Hof gehört ein Teich, der hat ihn auf die Idee gebracht, Gänse zu halten, Gänsebraten findet jeder lecker. So ist neuerdings viel Betrieb um das Haus.

An die vierzig Gänse watscheln über den Hof, viel zu viele, um ihnen Namen zu geben. Erst fand Karo das gar nicht lustig, denn Gänse können eine Menge Dreck machen. Dann passierte etwas, was sie ein für alle Mal mit dem Federvieh versöhnte.

Eines Morgens kurz vor Ostern entdeckte Gustav ein einziges Ei im Stroh des Stalls, aber keine Gans, die es bebrüten wollte. Also nahm er es mit in die Küche und legte es neben den Herd, damit es zum Abendessen verwendet würde. Als es Karo dort liegen sah, dachte sie: Das ist ja ein Gänseei, viel zu schade für Rührei, das kann man doch ausbrüten! Nur wer sollte das machen? Da hatte sie einen Einfall. Sie lief in den Hühnerstall, wo das dicke schwarze Huhn auf seinen Eiern saß. Schwups, hatte sie ihm das Ei unter den Bauch gesteckt. Und tatsächlich blieb die Henne brav darauf sitzen! Tag für Tag ging Karo nun nachschauen, ob sich etwas unter den Federn rührte. So eine Brutzeit dauert und dauert, Woche um Woche musste sie sich gedulden. Dann endlich, als sie wieder nach der Schule in den Stall kam, traute sie ihren Augen nicht: Acht frisch geschlüpfte Küken piepsten und krabbelten um die Glucke herum. Waren die niedlich! Als sie vorsichtig eins in die Hand nahm, ruckte die Henne so ärgerlich mit dem Kopf, dass sie es schnell wieder absetzte.

Aber welches war das Gänseküken? Es musste größer sein als die anderen! Du liebe Güte, da lag ja noch ein Ei im Stroh, das Gänseei! Einsam und verlassen, denn die Henne hatte ihre Küken aus dem Stall gelockt. Was tun? Schnell rannte sie zu Papa auf den Hof.

»Die schwarze Henne hat ihre Küken!«

»Schön«, brummte er, mit dem Schlauch in der Hand, um Gänsedreck wegzuspritzen.

»Ja, nur jetzt kümmert sie sich nicht mehr um das Gänseei!«

»Welches Gänseei?«, lachte Gustav. »Dafür ist sie auch nicht zuständig!«

»Doch, weil ich es ihr ins Nest gelegt habe, als es in der Küche herumlag.«

Er kratzte sich nachdenklich am Kinn. »Ein Gänseküken braucht eine Woche länger, bis es schlüpft. Du musst das Ei in ein anderes Nest legen. Hat die weiße

Henne nicht zu brüten angefangen?« Gesagt, getan, und auch die weiße Glucke hatte nichts dagegen, auf einem Ei mehr zu sitzen.

Wieder begann die Warterei. Schließlich, als Karo am nächsten Sonntagmorgen nachgucken kam, merkte sie sofort, dass die Henne unruhig war, weil sich etwas unter ihr rührte. Sie drängte sie zur Seite, da sah sie es: Neben den Hühnereiern und einer aufgepickten Schale piepste munter ein Gänseküken. Ach, war das goldig! Das fand das dumme Huhn gar nicht, immer wieder stieß sie das Kleine zur Seite. Karo war klar, dass die Ärmste nicht gleichzeitig brüten und das Gänseküken versorgen konnte.

Behutsam nahm sie es hoch und trug es in ihr Zimmer. Was nun? Mama konnte sie nicht fragen, die hatte Papa ausgerechnet an diesem Wochenende ins Krankenhaus gebracht, weil Karo ein Brüderchen bekommen sollte. So musste sie sich allein helfen. Erst einmal brauchte das Gänsekind ein Nest. Sie holte einen Karton aus dem Schuppen, füllte ihn mit Stroh und setzte das Küken hinein. Es piepste aufgeregt.

Ob es mehr Wärme benötigte? Karo lief ins Badezimmer, um den Heizstrahler zu holen, und stellte ihn daneben. Das Gänsekind piepste weiter. Ob es Hunger hatte? Was frisst so ein Küken? Zum Glück kam Papa zurück, der würde es wissen. Er freute sich, dass Karo jetzt auch eine Gänsezüchterin sein wollte. Er ging mit ihr in den Stall und zeigte ihr einen großen Sack mit körnigen Krümeln, Aufzuchtfutter für Gänse. Außerdem sollte sie ein Schälchen mit Wasser hinstellen.

So machte sie es, und das Gänsekind fraß und schien sich so wohl zu fühlen, dass sie es bald aus dem Karton herausnehmen konnte. Wenn es auf dem Boden war, begann es ziepend hinter ihr herzulaufen. Das fand Karo aufregend, aber auch ganz schön anstrengend. Wieso war das Kleine so klettig? Wieder fragte sie Papa um Rat. Gänsekinder, erklärte er, nähmen als Mutter, wen sie nach dem Schlüpfen zuerst zu Gesicht bekämen. So war Karo auf einmal zu einem Kind gekommen.

Da wurde es Zeit, ihm einen Namen zu geben. Du heißt Lina, beschloss sie. Wieso Lina? Weil sich der Name so schön mit ihrem ergänzte, denn eigentlich hieß sie ja Karolina! Lina folgte ihr auf Schritt und Tritt; immer, wenn sie aus dem Zimmer ging, streckte sie den Hals vor und wackelte hinterher. Was sollte denn werden, wenn sie zur Schule musste? Karo erklärte Lina lang und breit, warum sie nicht mitkönne. Das schien das Gänsekind zu verstehen, denn es kuschelte sich brav in den Karton und rührte sich nicht. Kaum war sie zurück, lief es ihr mit einem lauten ›Wiwiwi!‹ entgegen. Karo-Lina!, rief Papa, wenn er sie sah, denn sie waren nun ein unzertrennliches Paar.

Es folgte der Tag, an dem Mama mit dem Baby nach Hause kam. War er süß, der Kleine! Er sollte Linus heißen, sicher ein schöner Name, nur Karo fand das nicht. Vielleicht, überlegte sie, ist Lina ja ein Junge, für den Fall brauchte sie den Namen selbst! Aber sie wollte keinen Linus, sie wollte eine Lina! Sie musste es herausfinden. Nur wie?

»Das haben wir gleich«, sagte Gustav, hob das Küken hoch, schaute ihm unter den Po und lachte: »Du hast Glück – es ist ein Mädchen!«

Da war die Welt für Karo wieder in Ordnung – nicht dagegen für ihre Mama. Als sie sah, dass Karo sich ihr Zimmer mit Lina teilte, dass Streu neben dem Karton lag und ein kleiner, wenn auch gar nicht stinkiger Gänseschiss, zog sie ihre Nase kraus. »Das Küken gehört in den Stall, wo alle Gänse sind!«

»Lina«, jammerte Karo, »hat doch mich als Mama.«

»Dann sorg auch dafür, dass sie niemals einen Fuß ins Kinderzimmer setzt!«

Das versprach Karo. »Hörst du«, sagte sie zu Lina, »du kannst überall hingehen, nur nicht ins Schlafzimmer, da steht die Wiege mit Linus.«

Lina legte den kleinen Kopf schief und schlug mit den Flügeln. Na, von Flügeln konnte man noch nicht reden, es waren erst Flügelstummel.

So vergingen einige Tage, Lina wie Linus hatten immer Hunger und wuchsen und wuchsen, bis Mama meinte, Lina brauche Grünzeug und müsse ins Freie zu den anderen Gänsen. Karo zögerte. Ob sich die anderen Gänse über das fremde Gössel freuen würden? Vorsichtig lockte sie Lina auf den Hof. Kaum hatten die Gänse sie erblickt, begannen sie aufgeregt zu schnattern. Auch Lina wurde ganz zappelig und lief schnurstracks auf die anderen Küken zu. Aber was war das? Als sie näher kam, machten die Gänsemütter einen Riesenlärm und hackten nach Lina, sodass sie erschrocken wieder zurücklief.

Karo nahm sie rasch auf den Arm. »Ihr blöden Gänse, sie ist doch eine von euch.«

Also musste Lina wieder ins Zimmer zurück.

Es wurde Ende Mai, das Gras schoss in die Höhe, und alle Gänse hatten satt zu fressen. Lina wuchs zu einer stattlichen weißen Gans heran. Papa Gustav freute sich jedes Mal, wenn er Karo und Lina über die Wiesen laufen sah, beide mit nackten Füßen. Nur eins konnte Lina noch nicht: Schwimmen, wie die anderen Gänse, die auf dem Teich paddelten.

»Du bist ihre Mama«, meinte er, »sie muss es von dir lernen.«

Das sah Karo ein, also lockte sie Lina zum Teich. Das Wasser war eklig braun, bestimmt voller Frösche oder sogar Blutegel, doch was wollte sie machen! Sie watete bis zu den Knien hinein und rief Lina solange, bis sie hinterherwackelte. Kaum schwamm sie auf dem Wasser, begann sie vor Freude laut zu trompeten wie die Großen.

So ging es Woche um Woche, bis jener schlimme Sonntag im Spätsommer kam. Als die Familie beim Frühstück saß, blickte Mama auf Lina runter, die neben Karos Füßen hockte.

»Sie kann nicht ewig mit im Haus bleiben!«

»Sie ist an mich gewöhnt«, widersprach Karo, »und die anderen Gänse mögen sie nicht.«

Da entfuhr Mama dieses entsetzliche Wort: »Eines Tages ist sie schlachtreif!«

Karo schossen die Tränen in die Augen. »Lina ist doch keine Mastgans!«

Sie schluchzte so erbärmlich, dass Papa ihr sein kariertes Taschentuch reichte und tröstend sagte: »Bis Weihnachten ist es noch lange hin.«

Das sollte ein Trost sein? »Du bist ja noch gemeiner als Mama, du willst sie Weihnachten …?« Sie fing so laut an zu heulen, dass auch der kleine Linus im Kinderwagen zu schreien begann.

Da gab Papa nach. »Meinetwegen behalten wir sie, bis sie alt ist.«

Karo wischte sich die Tränen ab und fragte rasch: »Wie alt können Gänse werden?«

»Bestimmt zwanzig Jahre«, schätzte er.

»Bis dahin bin ich groß!« strahlte sie, jetzt ging es ihr schon viel besser.

»Nur unter einer Bedingung«, verlangte Mama, »ab morgen schläft sie draußen, Gänse sind nun mal keine Haustiere. Basta!«

Alles Betteln und Jammern half diesmal nicht. Damit Karo nicht wieder losheulte, bot Papa an, sie könne Lina die alte Hundehütte einrichten, denn seit sie Gänse hielten, hatten sie keinen Hofhund mehr, wozu auch, Gänse sind die besten Wächter, sie schnattern und zischen, sobald sich jemand dem Hof nähert. Also brachte Karo Lina am nächsten Morgen zur Hundehütte, die sie zuvor warm mit Stroh gepolstert hatte, denn bald würde es die ersten kalten Nächte geben.

So wurde es Dezember, der wichtigste Monat für den Hof, weil viele Kunden anrückten, um eine Weihnachtsgans zu kaufen. Für Karo war es eine ganz schreckliche Zeit, denn Tag für Tag verschwand Papa mit einem Tier im Schuppen, um es zu schlachten und zu rupfen.

Jeden Morgen nahm sie Lina in den Arm. »Wie gut, dass du keine gewöhnliche Gans bist.«

Karo hatte allerdings nicht an August Schluckebier gedacht, das war kein normaler, sondern Papas allerwichtigster Kunde, weil er ein Landgasthaus führte, das für seinen Gänsebraten berühmt war. Eines Vormittags, als sie in der Schule war, kam er mit seinem silbergrauen Mercedes auf den Hof gefahren. Kaum hatte er Lina erblickt, wie sie stolz und stramm über den Hof stolzierte, geriet er ins Schwärmen: »Was für ein prachtvolles Tier, das wäre was für unser Weihnachtsessen.«

Natürlich lehnte Gustav sofort ab. Diese Gans sei unverkäuflich, sie gehöre Karo. Aber der Gastwirt war schlau. Eine Gans sei doch kein geeigneter Spielgefährte, lachte er, sicher könne man das Fräulein Tochter für ein anderes Tier begeistern, ob sie nicht, wie alle Mädchen, für Pferde zu haben wäre? Das hörte Karos Mama, der Lina schon lange lästig war. Sie wusste, dass Schluckebier Pferde besaß und seine Tochter Reitstunden gab.

»Bestimmt!«, versicherte sie. »Karo wollte schon immer reiten lernen.«

»Abgemacht!«, rief er. »Gratis und umsonst, wenn ich die Gans kriege.« Er hielt Gustav die Hand hin.

Der wandte sich an seine Frau. »Elli, müssen wir nicht erst Karo fragen?«

»Lieber nicht, Karo fällt der Abschied zu schwer und es gibt unnötig viel Gezeter.«

Wer sogleich Gezeter machte, kann man sich denken. Kaum hatte Schluckebier Lina an den Flügeln gefasst, da ging ein Geschrei los, als ob sie lebend gerupft werden sollte. Doch es half ihr nichts, sie musste in die Box, die auf dem Rücksitz stand. Und schon brauste der Gastwirt davon! Gustav zog die Stirn in Falten.

»Elli, ich weiß nicht, ob das gut geht.«

Kaum war Karo zu Hause, ging sie, wie immer, Lina begrüßen. Nanu! Nirgends war sie zu entdecken. Sie rannte in die Küche zu Mama. »Hast du Lina nicht gesehen?«

Sie hielt den Kopf tief über den Suppentopf gebeugt. »Geh Papa fragen.«

Was für eine seltsame Antwort! Sie rannte in den Schuppen, wo Gustav im Federgestöber dabei war, eine Gans zu rupfen. »Papa!«, schrie sie. »Wo ist Lina?«

Er schaute sie kummervoll an. »Komm mit in die Stube.«

Ihr blieb fast das Herz stehen. Das Tier, das da auf dem Haublock lag, war nicht etwa …? Mit weichen Knien folgte sie ihm. Als sie auf dem Sofa saßen, räusperte er sich verlegen.

»Du wolltest doch immer mal Reiten lernen …«

Ihr Herz begann ihr auf einmal bis zum Hals zu klopfen. »Was hat das mit Lina zu tun?«

»Das haben wir nun mit Herrn Schluckebier klar gemacht. Dafür hat er sie …«

Weiter kam er nicht, Karo fing so laut an zu heulen, dass er sich kleinlaut verdrückte. Mama stürzte herein und merkte sofort, was passiert war.

»Karo«, sagte sie streng, »beruhige dich!«

»Nei-ein«, brüllte Karo, so laut sie konnte.

»Wir verstehen ja, dass du traurig bist, aber wenn du erst reiten kannst, dann weißt du, dass wir es zu deinem Besten getan haben.«

Das war ja nicht zum Aushalten! Karo lief schluchzend auf den Hof hinaus. Lina retten, das war ihr einziger Gedanke. Sie raste zum Schuppen, zog ihr Fahrrad heraus und sauste los, den Weg am Teich vorbei, ohne darauf zu achten, was Mama und Papa ihr nachriefen. Schon war sie zum Hoftor hinaus.

»Dieser kleine Dickschädel!«, fluchte Gustav. »Diese Kratzbürste, dieser verdammte Trotzkopf!« Und schwang sich wohl oder übel aufs Fahrrad.

Da, wo der Hofweg auf die Landstraße mündete, hatte er sie eingeholt und zog so fest an ihrer Jacke, dass sie fast hingeflogen wäre. Als sie beide keuchend neben ihren Rädern standen, nahm er sie in die Arme und zog sie an seine Brust. »Wenn du willst, holen wir sie zurück.« Karo nickte unter Tränen. Er wischte ihr den Rotz ab. »Gut, steig hinten auf.«

Während sie über die Landstraße fuhren, fragte er: »Hast du dir das gut überlegt? Reitstunden sind etwas besonders Schönes, schöner als mit einer Gans herumzulaufen.«

»Ich lass doch Lina nicht wegen einem blöden Pferd im Stich!« Sie schlug mit beiden Fäusten auf seinen schweißnassen Rücken.

»Sie ist kein Mensch«, stöhnte er, »sie muss leben wie eine Gans.«

»Leben, aber nicht sterben wie eine Gans!«

Da wusste er nichts mehr zu sagen und trat in die Pedalen.

Am Landgasthaus war von dem Mercedes weit und breit keine Spur. Sie stürmten in die Küche, wo Frau Schluckebier am Herd zugange war.

»Ihr Mann war bei uns, Gänse kaufen«, rief Gustav, »ist er noch nicht zurück?«

»Nein«, staunte sie, »er müsste jeden Moment kommen.«

Da hörten sie schon den Wagen vorfahren und liefen vor die Tür. Schluckebier stieg ächzend aus. Himmel, wie sah er aus? Seine Jacke war über und über mit Federn bedeckt.

»Was hast du mit Lina gemacht?«, heulte Karo los.

»Frag mal lieber, was das Biest mit mir gemacht hat!«

»August«, wurde Gustav streng, »was ist passiert?«

»Ausgebüchst ist mir das Miststück«, knurrte er, »hat irgendwie die Box aufgekriegt und saß mir auf einmal wie der Teufel im Nacken. Was sollte ich machen, ich habe sie einfach zum Fenster rausgelassen.«

Karo konnte es nicht fassen. »Und wo ist sie jetzt?«

»Keine Ahnung«, brummte er. »Auf und davon!«

»Komm«, rief Gustav, »steig auf!« Schon fegten sie den Weg zurück. Aber soviel Karo auch den Kopf hin und herdrehte – keine Gans weit und breit zu sehen. »Lina«, rief sie laut und immer lauter. »Lina!«, schrie sie gellend, als sie auf den Hof einbogen.

Wer kam ihr da, kaum war sie vom Rad gestiegen, laut trompetend entgegen? War das eine Freude! Am liebsten hätte Karo Lina auf den Arm genommen, doch so eine ausgewachsene Gans ist schwer, sie wäre bestimmt hinten über auf den Po gefallen. Also kniete sie sich lieber hin, um sie zu drücken, und merkte nicht einmal, dass sie dabei in einem dicken Gänseschiss kniete.

So ist es gekommen, dass Karo ihre Lina behalten durfte. Sie geht inzwischen in die zweite Klasse und kann lesen – und reiten! Lina ist das gar nicht recht, sie mag Pferde nicht. Noch weniger allerdings Autos, die sie jedes Mal mit lautem Zischen begrüßt, besonders, wenn es ein Mercedes ist.

Gully kann bleiben

Nichts wünschte sich Mia sehnlicher zu Weihnachten als ein Tier. Keinen Hund und schon gar keinen Wellensittich, sondern eine süße kleine Maus, am besten zwei, denn Mäuse sind ja gesellige Tiere.

»Kommt gar nicht infrage«, entschied Mama. Nicht, dass ihr denkt, sie wäre eine von den Frauen, die beim Anblick einer Maus auf den nächsten Stuhl springen, nein, sie hat als Kind selbst Rennmäuse gehabt, die sie sogar manchmal frei im Zimmer herumlaufen ließ. Aber etwas anderes gab den Ausschlag – das Etwas hieß Pucki und war ein prächtiger Perserkater. Der würde jede Maus verrückt machen, fand Mama. Alles Bitten half nichts, und Mia sprach tagelang kein Wort mit Pucki. Dann, am Samstag vor dem vierten Advent, passierte etwas, was die Lage veränderte.

Mias Mama kam aufgeregt aus dem Keller hoch. »Wisst ihr was?«, rief sie in der Küchentür.

Papa und Mia waren gerade dabei, Plätzchenteig auszurollen. »Was denn?«, fragten sie wie aus einem Mund.

»Wir haben eine Maus im Keller!«

»Wie süß!« Mia strahlte wie ein frisches Mandelhörnchen.

Mama schüttelte den Kopf.

»Überhaupt nicht, keine Zoomaus, sondern eine von draußen.«

Papa zuckte mit den Achseln.

»Was ist daran schlimm?«

»Das fragst du?«, schmollte sie. »Sie lebt draußen, wer weiß, was sie für Viren überträgt.«

»Was sind Viren?«, wollte Mia wissen.

»Minikleine giftige Teilchen, die in gesunde Körper eindringen und krank machen können.«

»Helga!« Papa legte ihr den Arm um die Schulter, sodass sich seine mehlige Hand auf ihrem Pulli abdrückte. »Es ist sicher keine Rötelmaus, sondern eine gewöhnliche Hausmaus.«

»Was willst du damit sagen?«, murrte sie.

»Nur Rötelmäuse übertragen gefährliche Viren, andere Mäuse sind völlig harmlos.«

Mama zog noch immer ein Gesicht, sodass Papa seine Hand noch fester aufdrückte. »Mach dir keine Sorgen, wir haben schließlich einen Kater. Lassen wir Pucki die Sache erledigen.«

»Was?«, schrie Mia auf. »Du willst, dass er das arme Mäuschen tot beißen soll?«

»Katzen fangen Mäuse, das ist der Gang der Natur«, versuchte er sie zu trösten.

»Gar nicht«, widersprach sie aufgebracht, »draußen können sie wenigstens weglaufen.«

Mama sah Papa herausfordernd an. »Du glaubst doch nicht im Ernst, dass unsere Sofarolle eine Maus im Keller jagt. Nein, das müssen wir selber machen.«

Er streifte sich die Hände an der Schürze ab. »Dann gucken wir erst mal nach. Wo hast du sie denn überhaupt gesehen?«

»Im Heizungskeller.«

»Wie ist sie da reingekommen?«, rätselte er.

Mia folgte ihm die Kellertreppe hinunter. Vorsichtig machte er die Tür zum Heizungsraum auf – und tatsächlich, da flitzte etwas Kleines über die Fliesen und verschwand, was glaubt ihr, wohin? – In den Gully im Boden!

»Donnerwetter!«, staunte Papa. »Dann kann sie ja durch das Abflussrohr rein und raus!«

»Aber da ist doch Wasser drin!«, wunderte sich Mia.

»Das ist wohl zur Zeit gefroren«, überlegte er.

»Die Ärmste! Ihr ist kalt und sie sucht im Keller eine warme Wohnung.«

»Du hast doch gehört, was Mama von wilden Mäusen hält.«

»Sie ist gar nicht wild! Bitte, Papa! Wenn ich sie im Käfig halte und meine Zimmertür zu ist, lässt Pucki sie in Ruhe.«

»Erst mal musst du das kleine Biest fangen«, lachte er.

»Mit Speck fängt man Mäuse«, stellte Mia fest.

Das ließ Papa gelten. »Dann wollen wir mal sehen.« Flugs besorgte er bei Nachbarn eine Käfigfalle, in die sie Speckwürfel legten. Mia konnte vor Aufregung kaum einschlafen, das war ja noch spannender als die Nacht vor Weihnachten.

Gleich am nächsten Morgen lief sie, noch im Nachthemd, in den Keller. Und was soll ich euch sagen? Da saß sie wirklich zusammengekauert im Käfig, eine niedliche graubraune Maus, den langen Schwanz ängstlich um die Füßchen gelegt.

»Papa, Mama!«, trappelte Mia begeistert die Treppe hoch.

Ihr könnte euch denken, wie Mama auf die Nachricht reagierte. Aber Papa hatte ein Einsehen.

»Wenn wir sie nun schon einmal haben, wollen wir mal probieren, wie Pucki reagiert.«

Er stand auf, hob den Kater aus seinem Schlafkorb und trug ihn in den Keller hinunter. Lauthals protestierend folgte Mia ihnen. Was wäre wenn? Nicht auszudenken!

Pucki sprang von Papas Arm, roch kurz am Käfig, maunzte gelangweilt – und trollte sich wieder die Treppe hoch.

»Siehst du!«, jubelte Mia. »Es gibt gar kein Problem. Gully kann bleiben!«

»Gully?«

»Ja, so heißt die Kleine, du weißt schon, warum!«

»Aber nur diesen Winter! Im Frühjahr lässt du sie wieder laufen!«

So ist Mia zu ihrem schönsten Weihnachtsgeschenk gekommen.

Schöne Bescherung

Indem ich heute, viele Jahre später, an Weihnachten erinnert werde, bin ich mir nicht mehr sicher, ob sich die Geschichte so in allen Einzelheiten zugetragen hat – jedenfalls bleibt mir unvergesslich, wie wir – Mama, meine kleine Schwester und ich – damals an Heilig Abend morgens losfuhren, um einen Weihnachtsbaum zu kaufen, wie jedes Jahr auf dem Schlossvorplatz, wo wir sogar den Freiherrn persönlich trafen, der, in Lodenmantel und Filzstiefeln, die bislang verschmähten restlichen Fichten anpries, die uns allerdings so gerupft erschienen, dass wir uns nicht zum Kauf überreden ließen, ihn vielmehr baten, er möge so nett sein, einen schöneren Baum in dem an das Schloss grenzende Wäldchen zu schlagen, worauf er uns unwillig mit dem bekannten Wort abspeiste, wer zu spät komme, den bestrafe das Leben, was meine Schwester so kläglich aufheulen ließ, dass er ihr mitleidig über den Blondschopf strich und sich, eine Axt schulternd, auf den kurzen Weg zum Wald machte, –

um gleich darauf, eine herrliche Nordmanntanne im Schlepptau, zurückzukommen, leider auch mit dem ungebärdigen Hofhund an seiner Seite, einem Rottweiler, der schnurstracks auf Mama, die aufschreiend zurückwich, zuraste und sich in ihre Hose verbiss, trotz der scharfen Zurufe seines Herrn, der den Baum fallen ließ und mit Riesenschritten herangestürmt kam, um den Hund an der Halskette zu fassen und von Mama wegzureißen, gegen das erschreckte Gejammer meiner Schwester anbrüllend: »Beruhige dich, den Baum lasse ich euch dafür umsonst!«, was Mama, nachdem sie sich überzeugt hatte, dass zwar ihre Hose eingerissen, ihre Wade aber unversehrt war, dankend annahm und mit seiner Hilfe daran ging, den stattlichen Baum in ein Netz zu ziehen und auf das Autodach zu hieven, –

sodass wir, halbwegs getröstet, nach Hause fuhren, die Tanne abluden, zu zweit ins Wohnzimmer trugen und sie eben in den bereit gestellten Ständer setzen wollten, als uns auffiel, dass es ein Problem gab, weil der Baum höher war als das Zimmer und auch mit den untersten Zweigen soviel Platz einnahm, dass wir die Sitzgruppe verschieben mussten, was Mama keineswegs aus der Fassung brachte, sondern zu dem Ausruf, da werde Papa noch gehörig Arbeit haben, es deswegen für angezeigt hielt, zum Telefon zu greifen, um ihn vorzuwarnen, jedoch nur an seine Sekretärin geriet, die erst auf Mamas Versicherung, dass es durchaus dringend sei, Anstalten machte, ihn an den Apparat zu holen, worauf es eine gute Weile dauerte, bis er sich unwirsch mit der Frage meldete, was denn Schreckliches passiert sei, und auf die Auskunft, der Weihnachtsbaum sei viel zu mächtig für das Zimmer, mit der missgelaunten Antwort reagierte, das sei doch kein Grund, ihn aus seiner Weihnachtsfeier zu holen, sie solle ihn verdammt noch mal unten absägen! –

was Mama, sonst die Ruhe in Person, derart empört lostoben ließ, dass meine kleine Schwester schon wieder in Tränen ausbrach, sodass ich, um sie zu beruhigen, schleunigst die Handsäge holte und sie Mama, die inzwischen den Baum über einen Stuhl gewuchtet hatte, reichte, die damit, immer noch aufgebracht über Papas ruppige Antwort, so heftig auf den Stamm losging, dass Sägemehl und Späne über das Parkett flogen und sie gar nicht merkte, dass sie in ein Stuhlbein hineingeriet und ich panisch »Stopp!« rief und den Baum wegzog, den wir dann mit vereinten Kräften in den Ständer hineinzwängten und zu schmücken begannen –

bis er, als Papa mittags gut gelaunt von der Betriebsfeier nach Hause kam, so prächtig prangte, dass er, indem er sich, angesäuselt, wie er war, auf den nächsten Stuhl fallen ließ, ausrief, das hätten wir fein gemacht, zugleich den Schreckensschrei ausstieß, was denn um Himmels willen mit dem Stuhl los sei, der sich unter seinem Gewicht zur Seite neigte, sodass er zu Boden stürzte, um von dort aus wahrzunehmen, was Mama mit der Säge angerichtet hatte, worauf er sich hochrappelte und sie mit verzerrtem Gesicht anschrie, ob ihr klar sei, dass sie den einzigen Stuhl ruiniert habe, der ihn an sein Elternhaus erinnere und wegen seines Alters höchst wertvoll sei –

was Mama zu der hitzigen Erwiderung reizte, er hätte ja, statt mit seinen Sekretärinnen Sekt zu schlürfen, nach Hause kommen und selbst Hand anlegen können, mit der Folge, dass Papa den Stuhl umwarf und mit dem herausgebrüllten Satz, wenn ihm nicht mal ein kleiner betrieblicher Umtrunk gegönnt werde, könne er ja gleich im Betrieb Weihnachten feiern, die Wohnung verließ –

um erst am frühen Abend, endgültig sturztrunken, zurückzukommen und, während wir unsere Geschenke auspackten, auf dem Sofa einnickte und erst aufwachte, als Mama die CD mit dem Lied *O du fröhliche* so laut aufdrehte, dass meine Schwester erschreckt einen Satz rückwärts machte und den Baum gefährlich ins Wanken brachte, aber Gott sei Dank nicht umwarf – sodass unser Weihnachtsabend doch noch ein leidlich glückliches Ende gefunden hat.

Der Autor

Klaus Goehrke wurde 1939 in Münster geboren. Er verlebte seine Vorschulkindheit in Pommern, ging in Münster zur Schule und studierte Germanistik und Geschichte in Berlin.
Er arbeitete als Lehrer an der Gesamtschule in Kamen, wo er auch heute noch lebt.

Seit 1979 ist er Mitglied im Verband Deutscher Schriftsteller und verfasst Theaterstücke, Romane und historische Darstellungen.

Romane:
* Elise Tschech – Verbannt in Camen. Schicksal einer Frau im Vormärz, Bönen 2010
* Yvans Schatten. Hundstage auf Korsika, Werne 2012
* Vermisste Väter. Fern von Westfalen, Münster 2015

Kinderbuch:
* Söckchen und Silbersieb. Ein afrikansiches Märchen. Werne 2013

Historische Darstellungen:
* In den Fesseln der Pflicht. Der Weg des Reichsfinanzministers Lutz Graf Schwerin von Krosigk, Köln 1995
* Burgmannen, Bürger, Bergleute. Eine Geschichte der Stadt Kamen, Kamen 2010.

Theaterstücke:

* Fundevogel oder Aram und Enise, Weinheim 2009
* Der Nibelungen Not, Braunschweig 2010
* Prinz Söckchen und Prinzessin Silbersieb, Braunschweig 2011
* Jugend ohne Gott. Braunschweig 2011
* Filian und Fenelofee. Braunschweig 2011
* Freiheit oder Tod. Braunschweig 2015

Klaus Goehrke

Yvans Schatten. Hundstage auf Korsika

Roman

Die 17-jährige Lale Lindberg freut sich auf den Korsikaurlaub. Zusammen mit ihren Eltern, dem befreundeten Ehepaar Urban und deren Sohn Jan will sie einfach die Hundstage auf der Mittelmeerinsel genießen und chillen. Weder die enorme Hitze noch Meldungen von Terroranschlägen beeinträchtigen die Urlaubsfreude. Als eine Leiche am Strand entdeckt wird, scheint es mit der Unbekümmertheit vorbei zu sein.

Auf einem Konzert lernt Lale Claudio kennen und verliebt sich in den korsischen Studenten. Claudio ist politisch engagiert, und als Lale mit ihm an einer Demonstration teilnimmt, gerät sie ins Visier der Polizei. Als die Polizisten nach ihm suchen, warnt sie ihn und begleitet ihn auf seiner Flucht ins Inselinnere. Kurz vor ihrer Abreise wird Claudio verhaftet, denn er soll Kontakt zu dem gesuchten Freiheitskämpfer Yvan haben. Für Lale wird klar: Sie muss ihrem Claudio helfen ... und plötzlich steht er vor ihrer Tür!

Lale reift in nur einem Sommer von einem unbekümmerten Teenager zu einer verantwortungsbewussten Erwachsenen. Klaus Goehrke erzählt eine packende Geschichte mit viel Urlaubsfeeling über die Liebe, Romantik, das Erwachsenwerden und den Kampf um Freiheit.

Urlaubs-/Liebes-/Jugendroman
ISBN 978-3-940853-16-5
Paperback, 228 Seiten
EUR 12,90